COMO EL AIRE DE ABRIL

Arturo Echavarría

COMO EL AIRE DE ABRIL

Editorial de la Universidad de Puerto Rico
1994

Primera edición, 1994

Catalogación de la Biblioteca del Congreso
Library of Congress Cataloging-in-Publication Data

ISBN 0-8477-0212-X

Portada: Nivea Ortiz
Tipografía: Héctor R. Pérez

Impreso en los Estados Unidos de América
Printed in the United States of America

EDITORIAL DE LA UNIVERSIDAD DE PUERTO RICO
PO Box 23322
San Juan, Puerto Rico 00931-3322
Tel. (809) 250-0550 Fax (809) 753-9116

A LUCE

Pone me ut signaculum super cor tuum...
quia fortis est ut mors dilectio

Capítulo I

La proa apuntaba a la masa oscura que, en la distancia, se confundía con el mar. Había salido a cubierta y, apoyado en la baranda en la parte delantera del barco, repasaba con la vista la costa, cada vez más cercana, tratando de adivinar a qué pueblos pertenecían los focos azules que se iban extinguiendo, uno por uno o en grupos, frente a la claridad aún incierta que comenzaba a iluminar las nubes desde el este. A la derecha, Fajardo; más hacia el centro, acaso Ceiba o Naguabo; muy a la izquierda, la larga sombra de Vieques. Cerró los ojos. Quiso pensar la isla intacta e inocente, llena de formas sin nombre. Quiso pensarla sin presencias identificables, un torbellino verde y húmedo, luz sin olor, antes de que nadie la mirara y del Yunque ser El Yunque y de que aquello fuera Hespéride o Antilla. Pretendió verla, con el cerco blanco de los arrecifes, poblada de formas híbridas e inquietas deslizándose por el follaje, el ruido seco de la hoja del yagrumo como una larga voz bajo su peso, deteniéndose un instante para mirar a lo alto de las ramas, alertas y tensas, listas para la fuga. La quiso así, sólo imagen en un despacioso y antiguo gravitar de agua. La quiso cercada de silencio, fabulosa, casi impenetrable y ajena a la palabra.

Abrió los ojos. Ya sólo quedaban unas pocas luces hacia el extremo sur. Juan González recordó la llamada de la noche anterior. Trató de reconstruir la voz de Nora. Hacía tantos años que no la oía –debían de sumar cuatro– que al principio le fue prácticamente imposible reconocerla.

Luego, le extrañó aquel tono, en realidad poco usual en ella, donde se entreveraban la urgencia y la cautela y le extrañó aún más que supiera que él estaba en Culebra.

–Mucho tiempo sin saber de ti.

Junto a la urgencia le pareció oír la insinuación de un reproche.

–Sabía que estabas en Puerto Rico. Nos lo dijeron Marta y Manolo, pero me ha sido muy difícil encontrarte.

–Hace ya mucho tiempo –dijo él y luego hizo una pausa brevísima–. ¿Todo bien por allá?

Ella no contestó de inmediato.

–¿Don Miguel, bien? –volvió a preguntar él.

Se llamaba Gerónimo Miguel Chaves, pero los más allegados siempre lo llamaron Miguel.

–Sobre eso te llamo, Juan.

Él notó en el tono de su voz algo de vacilación y un ligero dejo de cansancio.

–¿Le ha pasado algo?

Mientras aguardaba la respuesta, se sintió acosado por un leve remordimiento, tanto por la despedida malhumorada como por el silencio que luego se instaló entre él y el maestro y que, con la connivencia de ambos, había durado todos esos años.

–No sabemos. Hace tres días que no regresa a casa.

–¿Ha pasado eso antes?

–Nunca, Juan, nunca. Tú sabes lo metódico que es él. Nunca se había ausentado por tanto tiempo sin dejar dicho dónde estaba. Y hoy me llegó una nota, la encontré en el buzón.

Hubo una pausa. La voz se había ido adelgazando y las últimas sílabas comenzaron a disgregarse unas de otras hasta asumir cada una peso propio.

–¿Suya?

–No sé; no creo.

–¿Y qué tiene...?

–Sólo dice que Miguel está vivo y en sitio seguro. Dice eso, que está a salvo.

–¿A salvo de qué?

–¡Qué sé yo, Juan! Me imagino que no le ha pasado nada. Eso es lo que quiere decir.

–¿Y quién la manda?

–¡Qué sé yo, Juan! No tiene firma.

La voz que ahora parecía suplicar amenazaba –y ello lo sorprendió porque siempre la consideró de una fortaleza incuestionable– con quebrarse. Juan sintió un leve malestar en la garganta.

–¿Pero por qué me llama usted a mí? ¿No ha llamado a la policía?

–La carta amenaza con daño si llamo a la policía.

Todo aquello le pareció haberlo oído o leído antes, refiriéndose a otras personas, a otras circunstancias. Pero el que esas palabras le llegaran allí y en ese momento no dejó de provocar en él la incómoda sensación de un desplazamiento inesperado.

–¿Pero, por qué a mí? –repitió.

–Miguel siempre ha confiado mucho en ti.

–¿Y Miguel Ángel?

–Y yo también...

–¿Y qué pasa con Miguel Ángel? –volvió a insistir aludiendo al único hijo de la pareja.

–No sé dónde está. Siempre metido en problemas. Tú sabes que con él nunca se ha podido contar.

Esperó a volver a oír el ruido del mar en el corredor. Esperó también, pero en vano, que algún tipo de orden se asentara en su cabeza. Por el momento, ni uno ni otro articulaba palabra. En la línea momentáneamente libre le pareció oír, inserta en un lejano zumbido electrónico, una multitud apagada de voces que simultáneamente se saludaban, se despedían, daban noticias y formulaban preguntas, se requerían o se imprecaban sin que nadie se detuviera un instante a escuchar lo que el otro decía. Entendió que no iba a tener otro remedio que preguntar una vez más.

–¿Y qué usted quiere que yo haga?

Ella no contestó de inmediato. El lejano torbellino de voces volvió a ocupar la línea.

–Ven y veremos a ver qué hacemos –por fin dijo.

–No sé qué decirle. Llevo cuatro días aquí y pensaba quedarme una semana.

–¿Entonces, no vas a venir? –interrumpió Nora.

–Si usted quiere y lo cree necesario, iré. Déjeme ver cómo arreglo las cosas aquí. Déme una hora y la vuelvo a llamar.

–¿Tienes nuestro número?

–Démelo.

Nora le dictó el número y colgó. Juan González se encontraba de pie frente a un pequeño mostrador en el pasillo que hacía las veces de vestíbulo de aquel hotel de cinco o seis habitaciones. Había venido, con sus lápices y papeles, a trabajar mientras Isabel asistía a una reunión en Adjuntas, a la que él hubiera preferido que no fuera, y que la mantendría aislada por espacio de varios días. Ahora pensó, en la casi penumbra de una bombilla de veinticinco vatios, que eran muchos los cambios que le salían al paso. Examinó los cartelitos y anuncios pillados bajo el cristal del mostrador. En una esquina encontró el horario de las lanchas de la islita de Culebra a la isla grande. Casi por impulso descolgó el auricular y marcó el número que había anotado en un papel suelto. Apenas si dejó que la otra saludara.

–No podré irme en avión porque dejé el carro en Fajardo. Así que tendré que volver en lancha. Sale a las seis de la mañana. Podría estar en San Juan a mediodía.

–Te espero –dijo Nora.

–Trate de tranquilizarse. Hasta mañana.

Colgó el teléfono. La seis de la mañana, pensó. Para esta época a esa hora estaría empezando a clarear.

Tiraron las amarras y aseguraron la embarcación al muelle de concreto. Juan atravesó la pasarela bamboleante y caminó en dirección de la casita rosada con tejas y diseño vagamente andaluz que hacía las veces de aduana. En el parking de la derecha, encontró el carro caldeado por el sol de media mañana. Lo inspeccionó con prisa. No faltaba nada. Prendió el motor y, a la altura del muelle, viró a la derecha para empalmar con la carretera que lo llevaría hasta San Juan.

Capítulo II

Levantó los ojos color ámbar del libro abierto y los detuvo en él. La suavidad con que se configuraba su rostro se acentuó con una sonrisa que parecía confirmar que lo había estado escuchando desde lejos, a pesar de haber mantenido largo tiempo –todo el que él había empleado en dar una larga explicación a la pareja de viejos amigos que se encontró en el umbral del balcón– la vista baja, puesta en la página impresa, y que extrañamente, aun a distancia y sin mirarlo, aprobaba las palabras que él acababa de intercambiar con ellos. Los otros salieron y él se dirigió al sofá donde estaba sentada.

–¿Qué lees? –preguntó, inclinándose muy cerca de ella, como si buscara algo en el texto.

–Estaba mirando por encima esta novela –le mostró un *pocketbook* visiblemente estropeado por el uso y el descuido– que leí hace algún tiempo y que encontré entre ésos.

Señaló en dirección de la mesita a un costado donde se amontonaban en aparente desorden un número considerable de libros de bolsillo. Aparte del que tenía entre las manos, él pudo vislumbrar, sobre la cubierta de otro, abandonado sobre un cojín en un extremo, el título dispuesto en letras negras casi a pie de página: *A Coffin for Dimitrios.* Al dirigirse a él, su voz cobró aquel timbre ligeramente exótico –alguna *r* con trazos guturales, una que otra vocal entonada de modo inesperado– que había notado horas antes, al encontrarse con ella por primera vez. Se acercó aún más intentando repasar la página que ella marcaba con la mano pero sólo logró descifrar una frase larga antes de que, con un gesto brusco, cerrara el libro, *The Thin Man*, y lo pusiera, junto a otros volúmenes en igual estado de deterioro, en la pequeña mesa contigua al sofá.

–Ya no más –dijo ella sonriendo otra vez. Él la miró con algo de asombro. Ella, a su vez, pareció turbarse momentáneamente y una vena que corría por la frente desde la raíz del pelo al entrecejo, se insinuó, delgada y azul.

–¿Secretos tenemos?

No se cansaba de mirarla, ahora que podía demorarse en ello sin temor a parecer atrevido, y mientras buscaba sostenerla en una sola imagen, una sola de las múltiples que había ido acumulando durante toda aquella tarde, sentía en su cuerpo la conmoción de una urgencia, como si un día de mucho calor hubiera decidido meterse en el mar sin importarle por un instante la violencia del oleaje o las fuerzas de la resaca. Mirada de corriente que sale mar afuera, pensó, tiene mirada de resaca.

–Secretos no tenemos –dijo ella sin dejar de sonreír y cruzó las piernas–. O a lo mejor soy yo la única que tiene secretos –añadió.

–A lo mejor –contestó él– y adelanto una solución al misterio: eres una lectora empecinada y furtiva de esas novelas escabrosas.

–De esas, no tanto. De algún modo las siento ajenas a mí, un poco como un recién llegado que después de media hora de conversación descubres que no te interesa. Los personajes son, en general, poco apasionados a pesar de que hay muchas escenas de esas que llaman de dormitorio. Además, unos y otros se me mezclan en la cabeza de tal modo que después ni siquiera recuerdo las circunstancias exactas del crimen, mucho menos por qué lo cometieron. Hojeaba ésa a ver si me acordaba de lo que había pasado.

–¿Quién mató a quién?

–Salí igual que entré. Por casualidad la abrí en uno de los pocos pasajes pasionales.

–¿Instructivo?

Ella volvió a sonrojarse y la vena, fina y azul, reapareció en la frente. El, a su vez, se sintió, momentáneamente turbado. No pudo precisar si se había extralimitado, si había transgredido con aquella broma los límites imprecisos de una relación demasiado reciente cuyos puntos de apoyo y equilibrio aún desconocía. Temió malograr el diálogo, cortar de manera tan brusca e involuntaria el hilo de palabras que los sujetaba el uno al otro.

Hacía escasamente unas horas que los habían presentado. Él había llegado con retraso a la casa de Cerro Gordo. Por los automóviles estacionados en la entrada y en la carretera supuso que casi todos los invitados ya estaban allí. La invitación de Puco y Gladys Fernández, balbuceada con prisa y por teléfono, era para "después de las once", lo que daba un amplio margen de tiempo a aquellos que harían el viaje desde San Juan. Pero ya eran las tres y, por el agitado sonido de voces, supuso que la bebida había estado fluyendo desde temprano. Al llegar a lo alto de la escalera que llevaba a un gran balcón sombreado de palmas y almendros, notó que Puco lo había divisado desde el fondo de la sala y, vaso en mano, se acercaba a saludarlo. Luego de algunos comentarios entremezclados de palmadas en la espalda en que se aludió al asunto de la puntualidad en la isla, el amigo lo tomó del brazo para acercarlo a un grupo que se encontraba en un costado del balcón. Le presentó a las tres parejas reunidas en esa esquina ("Aquí lo tenemos, recién liberado", anunció con su habitual falta de tacto aludiendo a su divorcio reciente), y después de preguntar qué quería tomar se alejó en la dirección del barcito ubicado en uno de los extremos del balcón.

La había visto sentada en la baranda con la cabeza reclinada en uno de los postes de madera torneada que sostenían el techo. Llevaba el pelo liso contra la cabeza, anudado en la nuca, y vestía un traje blanco, los hombros al descubierto, las mejillas tenuemente maquilladas, los labios de un rojo tan pálido que parecía rosa. Tenía un aire de ausencia momentánea, como si por voluntad propia se hubiera querido mantener plácidamente al margen del grupo, y la conversación de los otros, insertándola en un cerco luminoso, se deslizara a su alrededor sin llegar a tocarla. Al acercarse a aquella esquina en compañía de Puco, ella se incorporó por unos instantes mientras se hacían las presentaciones y, luego de saludarlo, volvió a recostar la cabeza en el balaústre de madera. La impresión de distancia, que en modo alguno se presentía ni descortés ni desdeñosa, sino más bien como un acto de privacidad pasajera, le pareció, desde un primer momento, notable. Los demás, los Orfila, él empleado de Fomento, ella estudiante de derecho en la Universidad, los Mendoza, un matrimonio joven y atractivo y Jeff, gerente general de una compañía de seguros y a quien le habían presentado como el marido de la mujer sentada en la baranda, continuaron intercambiando impresiones sobre el valor de la tierra en aquella región. Por unos instantes, él se sintió tan aislado como ella. No sabía mucho de negocios y casi nada de asuntos de bienes raíces. Aventuró un par de comentarios inocuos y, aprovechando un silencio imprevisto, se dirigió por encima de los demás directamente a ella para preguntarle a qué se dedicaba. Al principio sólo sonrió, y luego dijo en una voz muy baja que, según la gente, a nada.

–¿Nada? –preguntó él mientras se deslizaba hacia la baranda–. Imposible. Nadie nunca hace en realidad nada. Eso será según la gente.

–Hay veces –replicó ella– que nada es nada, porque los otros lo declaran así.

En ese momento alguien gritó que la comida estaba lista, que pasaran a recoger platos y cubiertos. El grupo se deshizo y él la siguió con la vista mientras caminaba, un poco a la zaga del resto, rumbo al comedor.

Después del almuerzo, cuando los invitados se reorganizaban en círculos y semicírculos, unos en el patio, otros en el área del bar, y él intercambiaba impresiones en el balcón, cerca de la escalera, con conocidos a quienes no veía desde hacía tiempo, la volvió a ver, esta vez sentada en la sala con un libro abierto, y fue entonces que notó que, a pesar de que parecía entregada a la lectura, su atención estaba en realidad dividida: leía y a la vez escuchaba lo que él estaba diciendo.

–Instructivas no –dijo ella con firmeza–, no hay mucho que se pueda aprender de esas novelas.

–¿Hablas de la violencia?

–En parte sí. Pero lo peor no es tanto la violencia, que de por sí es en muchas de ellas terrible y que a mí francamente me repele, sino que casi todo me parece demasiado esquemático.

–Si hablas de los personajes, estaría de acuerdo contigo. Hasta por el físico y el traje que usan se puede adivinar cómo van a ser. –Dijo él e hizo una pausa–. Lo que equivale a qué van a decir.

–Bueno, no todos.

–Claro, hay excepciones. Pero la mayoría... –volvió a hacer una pausa–. Pienso, por ejemplo, en el caso del alcohólico. Si alguien se le presenta con una botella de whiskey ya sabemos que el recién llegado le va a sacar al otro toda la información que necesita. Que puesta la vista en la botella, el primero no va a dejar de hablar, que va, como dicen, a cantar con abandono y hasta con alegría.

–Fíjate que no pienso tanto en los personajes. Más me perturba lo esquemático de las emociones.

–¿El que los que odian odien mucho y los que aman se arrebaten?

En sus palabras se podía notar cierto dejo de broma. Se servía de la exageración no para burlarse de ella, sino para incitarla a hablar más.

–No es tanto que odien o, como dices, se arrebaten. Lo que me parece inconsecuente... –Se contuvo y miró al suelo. Luego volvió a levantar la vista sin ponerla en lugar determinado–. ...es eso mismo, el que sean inconsecuentes.

–Inconsecuentes por incoherentes.

–Quizá no sea ésa la palabra que conviene.

–Si quieres decir que los resultados de esos encuentros pasionales –y entonó esa última palabra de modo especial– son, como muchos de esos encuentros, más bien mecánicos y nos dejan medio fríos, estaría de acuerdo contigo.

–No tanto el que sean mecánicos, y claro que lo son. Me refiero a que son pasiones sin expectativas.

El no respondió y se quedó mirándola. Más y más le admiraba aquella inteligencia como sobresaltada e inquieta que no parecía detenerse en parte alguna. Luego de unos instantes respondió.

–No sé si te entiendo.

Se detuvo en lo que buscaba un cigarrillo en uno de los bolsillos de la guayabera. Le ofreció el paquete pero ella indicó con un gesto que no fumaba. El encendió el suyo.

–Con eso de pasiones sin expectativas –continuó–, ¿quieres decir que son pasiones sin futuro? Porque...

–Eso no es lo quiero decir –interrumpió ella, pero él no pareció hacer caso de la interrupción.

–...porque me parece que en esas novelas los finales son bastantes contundentes. Las circunstancias se encargan de aplastar a los indeseables. En cambio, a los buenos... y a los buenos amantes, también... a esos no les esperan tardes lluviosas, sino las soleadas promesas de la mañana. El futuro finalmente se realiza y solamente deja de ser porque se ha convertido en un magnífico presente.

El sonrió.

–Te dije que no es eso lo que quería decir. –Había un

filo de impaciencia en la voz de ella–. Cuando dije sin expectativas estaba pensando en que son pasiones que salen de la nada. La mayoría de los personajes no están preparados para lo que va a pasar. Cuando se cumple por fin el arrebato, como tú dices, todo se desenvuelve en un vacío. No hay nada, digamos, que los justifique. Nada antes, nada después.

–¿No estarás pidiendo demasiado?

–Me parece que no.

–A mí me parece que eres injusta.

–¿Ah sí?

–Sí, porque ahora pienso que estás comparando estos personajes con algunos de esos héroes y, sobre todo, heroínas de las novelas del siglo pasado. Todo allí se prepara poco a poco. Aquí importa menos eso que llaman el "desarrollo" del personaje.

–A lo mejor. Pero en realidad pienso que el mundo camina más de ese modo que del otro.

–¿Entonces todo se prepara poco a poco?

–Bueno, todo no. No creo que hayamos estado hablando de todo.

–Bien, concedido. Hablábamos de pasiones.

–Y de expectativas...

–Y de expectativas, que si no me equivoco, y creo que ahora entiendo mejor lo que dijiste al principio, tienen que ver con algo así como la proyección de un sentimiento hacia el futuro.

–Lo que se espera que sea.

Ella sonrió. El se incorporó un momento para apagar el cigarrillo en el cenicero de lata que estaba en la mesita junto al sofá. Luego volvió a acomodarse.

–¿Y no te daría miedo que todo lo que desearas se cumpliera? –preguntó él.

–Francamente es tan difícil que eso pase... si se piensa en *todo*... que no se me había ocurrido ni siquiera tenerle miedo.

Jeff había cruzado el balcón y se dirigía hacia donde estaban sentados. Era un hombre joven, corpulento, tirando a grueso y su rostro ahora mostraba una expresión semejante a la que él había notado cuando los presentaron poco después del medio día. Había algo en la conjunción de la boca y de los ojos que proyectaba una placidez despreocupada. Llevaba el pelo tan desusadamente corto que, por las puntas que asomaban en la región de las sienes, aún desde lejos se podía apreciar cierta dificultad en mantenerlo peinado.

–Los echamos de menos allá abajo, en el patio –dijo, ya junto a ellos, en un tono llano en el que no asomaba ni el reclamo ni el reproche.

–Si supieras lo que nos mantenía anclados aquí –dijo ella, tomando en sus manos el volumen estropeado de la mesa junto al sofá–. Esto.

Jeff, sin sentarse, cambió el peso de un pie a otro, delatando incomodidad e impaciencia.

–Ah, eso. Tú no lo vas a creer –dijo dirigiéndose a él–, pero el tiempo que pasa pegada a páginas como esas casi asusta.

–No hay nada que temer –exclamó ella alzando un poco el tono de voz a la vez que colocaba de vuelta el libro en la mesa del lado–. Después de todo, tú te pasas viajando y con alguien tengo que hablar. ¿No crees? –añadió dirigiéndose a él, y la pregunta casi lo tomó por sorpresa porque, en primera instancia, no pudo ubicarla en el contexto del diálogo. No sabía si solicitaba su ayuda para afirmar que no había por qué temer o meramente para justificar su rutina de actividades.

–No, no me parece que haya nada de qué asustarse –respondió él, sonriendo.

Jeff volvió a mudar el peso de un pie a otro.

–Me parece, eso sí, –dijo– que ya es hora que vayamos caminando.

Ella se puso de pie y él hizo lo mismo.

–Tendrás que venir a comer con nosotros una de estas noches.

Ella había recobrado su tono habitual.

–Sí, claro, tendrás que venir –añadió Jeff.

–Con mucho gusto.

Al despedirse, Jeff la tomó del brazo y, musitando que tenían que buscar a Gladys y Puco para dar las gracias, la encaminó hacia el fondo de la sala.

Se había hecho de noche. Unas lámparas de segunda mano, de esas astilladas o irremisiblemente pasadas de moda que alguien en la casa no se anima a desechar y que, llegado el momento, de súbito se descubre que son útiles en un lugar donde no hay que verlas a diario, iluminaban las habitaciones. El ruido del mar se sentía más insistentemente, quizá porque muchos ya se habían ido y la conversación circulaba ahora tenue y como diluida por los espacios abiertos. Pablo pensó en tomar algo más en compañía de los que quedaban pero decidió que lo mejor era regresar a San Juan. Buscó a Puco y Gladys para despedirse.

–¿Tan temprano te vas? –Puco, visiblemente congestionado por el alcohol, articuló la pregunta con dificultad.

–Bueno, tan temprano no es. Y además están los compromisos de mañana.

–Tú siempre pensando demasiado en mañana –dijo Puco dándole una palmada en el hombro un poco más fuerte de lo esperado.

–¿Y Gladys?

–Por ahí. Guía con cuidado –gritó mientras se alejaba tratando de caminar en línea recta.

Encontró a Gladys y se despidió de ella. Luego, en la oscuridad del carro, estuvo largo tiempo sin prender el motor, rodeado y como protegido por el canto de los animales nocturnos, recordando la larga conversación que ahora le parecía excesivamente articulada, casi inverosímil, y se sintió un poco transido, como si temiera alejarse de allí y romper algún cerco encantado que él, con su presencia, hubiera ayudado a inscribir.

Capítulo III

A la altura de Carolina, redujo la velocidad del automóvil. Por unos instantes no supo si tomar el Expreso Loíza o continuar por la Avenida 65 de Infantería. Imaginó la casa en University Gardens con las palmas reales sembradas en la acera de enfrente, un pequeño espacio cubierto de grama que separaba la vereda de concreto de la calle y el número detrás de las rejas pintadas de negro. Trató de trazar en su cabeza un mapa de la ciudad, el número de semáforos en la Avenida Baldorioty de Castro y la Muñoz Rivera, la densidad del tránsito a esa hora del día, los posibles atrechos para evitar los nudos de congestión. Optó por girar hacia el Expreso Loíza. Quizá por allí la distancia era mayor, pero el largo trecho de carretera sin luces de tránsito, la sensación de espacio abierto, la marcada ausencia de los letreros y anuncios comerciales que atestaban la 65 de Infantería lo inclinaron por aquella alternativa. La luz del norte de la ciudad, además, siempre le pareció mas aérea y transparente. Llegaría hasta San Jorge, subiría hasta lo alto de San Mateo desde cuya colina podían verse las dos partes de la ciudad: la que daba al mar y la que se asentaba valle adentro extendiéndose hasta Guaynabo y Caguas, y, abajo y un poco a la derecha, entre los edificios, el campanario de San Vicente de Paúl con el fondo verde de la Cordillera Central. Desde allí no tardaría más de quince minutos en llegar a la urbanización donde vivían Gerónimo Miguel y Nora Chaves.

Estacionó el carro enfrente de la casa. Serían un poco

menos de la una de la tarde. Mientras caminaba hacia el balcón enrejado oyó un ruido de platos que se amontonaban en una casa vecina y le llegó un perfume vagamente insistente de sofrito cuya procedencia no pudo en esos momentos determinar pero que debía venir de allí mismo. Tocó el timbre y a los pocos momentos Nora abrió la puerta de madera tallada, manipuló con alguna dificultad el candado del portón y, al abrirlo y levantar el rostro, Juan notó que tenía los ojos irritados como si no hubiera dormido en mucho tiempo. Lo abrazó y en silencio pasaron a la sala.

Juan se acomodó en un sofá de ratán cuyo estilo había sido abandonado por las fábricas hacía ya muchos años. Nora se sentó en la banqueta de un piano vertical en un extremo de la habitación. Los pisos eran de ese terrazo del país salpicado de puntos negros y delataban un cuido constante. En el fondo de la sala, en la alcoba que hacía las veces de comedor, un estante de madera oscura repleto de libros y, en la parte inferior, de innumerables discos, cubría la pared de un extremo a otro.

–Dígame usted lo que ha pasado, Nora, con calma.

–Te confieso que no entiendo –Nora hizo una pausa–. Es más, te diría que me parece que estoy soñando.

Cerró los ojos, tensó los músculos de la cara y en su boca se dibujó un gesto que aunque se adivinaba de dolor o de preocupación podía confundirse con una sonrisa, una sonrisa de desencanto o de resignación. Luego de pasados unos instantes volvió a su expresión habitual.

–¿Y la nota? –preguntó él.

–Enseguidita te la traigo.

Nora se levantó y se encaminó a una de las habitaciones al fondo del pasillo que desembocaba en la sala. Juan notó que se movía con más lentitud de lo habitual en ella. Se está poniendo vieja, pensó. Se está poniendo vieja con las manos vacías o está muy cansada. O las dos cosas.

Nora había sido una de las promesas o "luminarias" de

una época, como le había asegurado una señora muy mayor, amiga de la madre de un amigo suyo, quien había sido compañera de estudios de ella en la Universidad. Por aquellos años había publicado dos libros de versos que muchos consideraron –dictaminó la señora que le relataba el cuento– prometían una madurez que la situaría en lugar destacado en el contexto de las letras isleñas. Pero no fue así. Mientras preparaba los exámenes de maestría se casó con Gerónimo Miguel, quien, poco antes de que lo llamara el ejército, había logrado terminar su tesis de doctorado en Columbia University y luego de regresar de Corea había conseguido un trabajo en la Universidad. A los meses de casada salió encinta. Aquel cambio en su vida, que consistía en pasar de joven poeta a esposa y madre, de algún modo trastornó definitivamente su futuro literario. Terminó el grado de Maestra en Artes, pasó a enseñar literatura como su marido en la Universidad, y publicó un par de reseñas y algún artículo en revistas de crítica literaria. El escaso público que se interesaba por la poesía lentamente fue dejando de leer sus primeros libros de versos y se dedicó, más y más, sólo a aludir muy infrecuentemente a ellos. Hubo quienes hablaban de Nora en su calidad de "promesa" sin haber jamás leído un renglón suyo. Ella misma daba la impresión de haberse ido acostumbrando a las circunstancias. Cuando le preguntaban si trabajaba en algo nuevo, se limitaba a decir que no había tiempo y desplazaba la conversación hacia otros temas.

Regresó a la sala con un sobre en la mano y se lo entregó a Juan. El había imaginado un sobre tamaño carta, blanco, ordinario, y le sorprendió que fuera uno de manila de grandes dimensiones. Estaba dirigido a ella y no tenía sellos ni daba muestras de haber pasado por el servicio de correos.

–¿Cómo llegó a usted?

–Lo encontré en el buzón, aquí en la verja de enfrente –respondió ella mientras volvía a acomodarse en la banquetita del piano.

Juan extrajo del fondo del sobre un pedazo de papel doblado en dos. Tenía la contextura de uno de esos proyectos de escuela que primordialmente se asignan a niños de segundo o tercer grado y que, en general, se suelen entregar en forma de un álbum en cuyo interior se encuentran trabajosamente escritos los nombres de plantas, animales, u objetos con sus correspondientes representaciones gráficas. Aquí, sin embargo, no había ni fotos ni dibujos. El papel se mostraba arrugado y duro al tacto en aquellas partes en que habían pegado una serie de papeles de menor tamaño, cada uno de los cuales contenía una palabra, a otro grande, que era el que había encontrado doblado en el fondo del sobre. El color variable y la calidad desigual de los papelitos recortados y pegados al que le servía de marco delataban asimismo la procedencia diversa de su origen: revistas y periódicos que debían haber sido muy distintos unos de otros. Al principio, la diversidad de tipos y el tamaño desigual de las letras lo confundió. Las palabras se juntaban en un torbellino de tinta y no lograba separar unas de otras. Luego, parecieron ordenarse en un sendero recto.

TE SALUDA

MIGUEL PROTEGIDO POR AHORA NO HAY PELIGRO

COOPERACIÓN INDISPENSABLE NO AVISAR NI A LA PRENSA

NI A LA POLICÍA VENDRÁN OTROS COMUNICADOS

De no ser tan grave la situación que anunciaba el mensaje, el formato, tan manido y rudimentario, hubiera provocado en él una sonrisa. Pero una segunda y una tercera lectura le causaron un ligero estremecimiento y lo remitieron de inmediato a aquella realidad inquietante.

–Difícil de creer –balbuceó al fin Juan.

–Pero, ¿por qué Miguel? –preguntó la otra.

A pesar de que le temblaba la voz, Nora parecía presa de

un súbito automatismo y articulaba las palabras mecánicamente, como si estuvieran desvinculadas de lo que pensaba. Con todo, Juan creyó notar un brillo turbio en los ojos y por unos instantes temió que se fuera a echar a llorar.

–¿Tiene usted alguna idea? ¿se le ocurre a usted algo?

Evitó entonces mirarla de frente. Sintió que una íntima vergüenza se apoderaba de su persona como si algo o alguien lo señalara como responsable de aquel acto que ahora le parecía irrevocable. La última vez que se vieron, de eso haría más de tres años, fue en una oficina que Gerónimo Miguel Chaves tenía para sí solo, a expensas de la murmuración de otros colegas, en el sótano de la Facultad de Humanidades. Juan González había llegado deshecho a aquella entrevista. Esa mañana le habían avisado por teléfono desde un pueblo del interior de Venezuela que su único hermano había muerto la noche anterior. Se trataba de un accidente, le dijeron. Pero la descripción de las circunstancias que rodearon su muerte fue de tal modo circunspecta y abundaba en tal cantidad de contradicciones que Juan de inmediato sospechó o un suicidio o un asesinato. Su hermano Enrique, mayor que él, era dado a arranques esporádicos de violencia que una y otra vez degeneraban en disputas agrias y peligrosas. Durante esos momentos se abría casi candorosamente, como si anduviera en busca de una revelación, a riesgos de una insensatez inusitada. Luego se entregaba a largos períodos de mutismo y desánimo. Había huido, Juan no encontraba otra palabra para ello, a Venezuela al año de muerto el padre –habían quedado huérfanos de madre aún muy niños– a trabajar en una extensa finca de unos conocidos de un amigo suyo. Sin ofrecer explicaciones, dijo al marcharse que jamás regresaría a Puerto Rico y esas palabras se habían convertido ahora en una amarga realidad. Vivo no volvería, pensó Juan González al recordar las veces que por teléfono le había sugerido a Enrique que regresara. Sentía ahora más que la mera obligación, la urgencia de completar aquel periplo y gestionar, como pudiera, el traslado de sus restos a Puerto Rico. Era ése el asunto que pensaba abordar en la oficina de Gerónimo Miguel Chaves.

Tocó a la puerta y entró. El profesor se encontraba en un extremo de la habitación frente al escritorio. Lo saludó sin ceremonia y lo invitó a tomar asiento.

–¿Me traes algo? –preguntó el hombre mayor.

–¿Algo? –musitó Juan sorprendido por el tono abrupto del otro.

–Lo que debes.

Ligeramente aturdido, Juan González no replicó de inmediato. Buscó en la confusión que ahora era su memoria y extrajo un dato que en efecto había menos depositado que desechado allí hacía unos dos meses y medio. Para esa época el profesor había tenido que viajar a los Estados Unidos por motivo de un congreso profesional y Juan aprovechó la coyuntura para hacerle un encargo. Necesitaba con urgencia un libro de consulta para la tesis de literatura que hacía años venía elaborando a un ritmo acaso demasiado lento bajo la supervisión de Miguel Chaves. A su regreso, al entregarle el libro, el profesor adjuntó la factura de la librería donde lo había comprado. Juan, quien en esos momentos dedicaba todo el tiempo que le restaba de la enseñanza a la redacción de un trabajo nuevo muy al margen de las tareas del mundo académico, olvidó gestionar el reembolso que le correspondía. Ahora, al extraer la chequera del portafolio que traía consigo, notó que las manos le temblaban un poco.

Miguel Chaves tomó el cheque y, sin mirarlo, lo depositó en una gaveta del escritorio. Luego se recostó del espaldar de la silla giratoria y dirigió la vista a lo alto de la pared de enfrente. En la luz espesa que caía desde la ventana muy cerca del techo, Juan lo observó de perfil. Tenía la nariz más bien chata y llevaba el pelo ondulado y gris recortado muy cerca del cráneo. Era de un trigueño rojizo que contrastaba con unos ojos de un color indeciso que de día parecían grises y, en ausencia de luz directa, se revestían de tonos oscuros. Se solía mover con una lentitud que algunos atribuían a un cálculo constante, a una concepción fría e interesada de la vida, mientras otros pensaban que era cónsona con el rigor que ejercía en los trabajos de su vida profesional, rigor que practicaba con una obstinación ciega y sin ilusiones. Nunca había mencionado en público la palabra fracaso. Pero con cada año que pasaba se podía notar en él un aire de distracción cada vez más evidente que se interpretaba como efecto del agobio y la incapacidad, también progresiva, para asombrarse de nada.

–Veo –dijo al fin con cierto desgano el hombre mayor– que sigues aferrado al pie de la letra. –Hizo una pausa–. Como si temieras que las palabras, con su carga habitual de referentes, caminaran por sí solas y escogieran libremente entre ellos. Como si temieras...

–No entiendo –intercaló Juan, sintiéndose blanco de aquel lenguaje que se le hacía pomposo y hasta ofensivo.

–No me estaba refiriendo, al hablar de deudas, a eso –dijo Miguel Chaves apuntando con la barbilla al cajón donde había metido el cheque–. Me refería a los capítulos que me debes hace casi un año.

Juan González replicó con furia, como si su maestro tuviera conocimiento previo de la desgracia que lo acosaba y, en un despliegue de cinismo, hubiera decidido ignorarla.

–Ni siquiera estoy en condiciones de rescatar lo único que queda de mi familia, y usted hablándome de esa clase de deudas –dijo en un tono de voz que a pesar de ser recio amenazaba con quebrarse.

Y rápidamente relató las circunstancias inciertas de la muerte de su hermano y los obstáculos económicos que le impedían efectuar el traslado de los restos de Enrique a Puerto Rico.

–Quiero que se entierre aquí –dijo Juan–. Vengo a ver si me ayuda con lo que me falta.

Gerónimo Miguel Chaves no ofreció réplica alguna. Apoyó ambos codos en el escritorio y la frente en la punta de los dedos. Juan pudo observar que tensaba y destensaba la quijada y las sienes y que había cerrado los ojos. Luego los abrió y sin mirarlo dijo:

–No es bueno que le neguemos sepultura a los muertos. ¿No es así?

El joven estaba atónito porque de momento creyó percibir en las palabras del otro un cúmulo inesperado de ironía. El profesor Chaves volvió a hablar.

–No sé si puedo ayudarte. ¿Dé cuánto se trata?

Juan González apenas balbuceó la cifra. Necesitaba alrededor de dos mil dólares. Luego la rabia se incrementó con vergüenza.

–No sé a qué he venido hoy aquí –dijo bruscamente levantándose y caminando hacia la puerta.

–No sé si puedo ayudarte, con nuestros sueldos –dijo Miguel Chaves en un tono de voz muy bajo. Y entonces lo miró súbitamente. –No te olvides de los capítulos.

Juan ni siquiera contestó. Salió de la oficina dando un portazo.

Al día siguiente, al acudir al banco en busca de algún tipo de préstamo, encontró que alguien había depositado en su cuenta, cuyo número aparecía habitualmente impreso en sus cheques, la cantidad exacta que había mencionado el día anterior a Miguel Chaves en su oficina.

Nunca volvió a verle. A fines del año siguiente había logrado con dificultad reunir la suma adeudada y en un giro se la hizo llegar por correo.

–Qué desgracia la de Miguel –suspiró Nora.

Juan bajó la cabeza y se quedó por unos instantes contemplando sus manos. Aquel último encuentro había quedado en un tiempo en el que le costaba ahora reconocerse y cuya memoria le llegaba teñida de un tenue rubor. Puso las manos sobre las rodillas y dirigió la mirada a las ventanas miami de metal que corrían a lo largo de la sala y a través de las cuales se divisaba un follaje espeso.

–¿Había notado usted algo en la rutina diaria que llamara la atención? –preguntó, al fin, abstraído.

–Nada, que yo sepa.

–¿Pero algo, algo raro, algo fuera de lo normal, una llamada, cartas sin dirección del remitente?

–Antes de que llegara eso –Nora aludió con un movimiento de cabeza al sobre manila–, yo no recuerdo ni cartas ni llamadas.

–¿Ni visitas de desconocidos?

–Tampoco.

–¿Y él?

–¿Cómo y él? –Nora cambió de posición en la banqueta y lo miró con algo de extrañeza, como si no acabara de entender la pregunta.

–Sí, me refiero a algún comentario que le hiciera, alguna nueva preocupación que notara.

–No recuerdo nada en especial.

–¿Y en la Universidad, sus clases, su trabajo?

–¿Sus clases?

–Bueno, sus idas y venidas.

Nora apoyó las dos manos en la banqueta, se inclinó hacia delante y bajó un poco la cabeza. Parecía estar tratando de evocar trabajosamente una frase o una serie de circunstancias.

–Bueno, hará un año –dijo por fin, sin levantar la cabeza.

–¿Hará un año que qué?

–Todo empezó cuando a Miguel le dio con decir que aquí no se podía trabajar.

–Qué raro porque a mí siempre me dijo lo contrario

–afirmó Juan.

–No, me estoy refiriendo a que aquí, en la casa, no podía trabajar.

–¿Y eso era nuevo?

–Siempre había hecho su trabajo de investigación en ese garaje que convertimos en estudio –hizo una pausa y miró a Juan–. La verdad es que se mudaron vecinos nuevos al lado, una pareja de gente bastante mayor, y ponían esas estaciones de noticias que nunca acaban. A Miguel Ángel también le dio con entrar y salir a deshora. Regresaba con una mirada indiferente. Se le hablaba y algunas veces ni siquiera contestaba. Se iba derechito a su cuarto. Eso lo mortificó mucho.

–¿Y tanto era el ruido de al lado?

–No. En realidad solamente duraba unas horas. Por eso yo no creo que fuera para tanto. Lo malo era que no se sabía cuándo iban a prender el radio a toda boca. A veces era por la mañana, por la tarde y tres veces por la noche. Pero eso cambiaba de día en día. Miguel se desesperó un poco. Decía que necesitaba tranquilidad continua para el nuevo proyecto. Fue entonces que empezó a irse por las noches a la Universidad.

–¿A investigar?

–Me imagino –Nora volvió a cambiar de posición en la pequeña banqueta y él notó en ella por primera vez un ligero aire de impaciencia o de incomodidad–. A veces llegaba a la una o las dos de la mañana.

–Debía de ser algún libro nuevo, supongo.

–No sé. Nunca me habló de lo que hacía. Y cuando no decía nada yo no me atrevía a preguntar. Nunca me ha gustado preguntar.

Nora articuló las últimas palabras con cierto desagrado.

–Y eso era nuevo –dijo Juan.

–¿El proyecto?

–Bueno, el proyecto y los viajes a la Universidad a trabajar de noche.

–Lo de ir allá por la noche y regresar tan tarde no era usual en él y me extrañó y hasta me preocupó. Con lo solo y oscuro que se quedan esos terrenos de noche. Pero no quise intervenir en su trabajo.

Juan notó que el rostro de Nora se había ido transformando en el curso de la conversación y, ahora que había levantado la cabeza y que los ojos de ambos se encontraron por primera vez en mucho rato, mostraba una expresión de inflexibilidad y dureza, como si las palabras dichas en los últimos retazos del diálogo se hubieran ido escurriendo en zonas demasiado sensibles que convenía no rozar porque todo contacto iba necesariamente a causar dolor. Por eso optó por no hacer más preguntas en torno a las salidas nocturnas a la Universidad.

–Creo que vamos a tener que buscar a Miguel Ángel.

Ella apretó los labios y su rostro se endureció aún más.

–Hace tiempo, como te dije, que se fue a vivir por su cuenta. De vez en cuando viene a verme, pero ya lleva una semana que no viene a la casa...

–Quizá llamándolo al trabajo –balbució Juan.

–Hace seis meses que no trabaja.

–Pero alguien debe saber dónde está.

–Deja ver qué puedo hacer y te llamo esta noche o mañana.

–¿Alguien más que pudiera ayudar? Alguien de confianza, alguien que nos pueda por lo menos aconsejar.

Ella, con el rostro aún crispado, cerró los ojos por unos instantes.

–A lo mejor Raúl Núñez –dijo al fin.

–¿El abogado?

–Sí, el que defendió a un grupo de sus amigos cuando aquel asunto de los arrestos por las peticiones del Comité de la Paz. Miguel siempre ha confiado mucho en él.

–Mire a ver si se le ocurre alguien más.

–Quizá Pedro Miranda, que también es abogado y creo que tiene una Compañía de Seguros. –Luego se contuvo por unos instantes y añadió–: Quizá él no, quizá no ahora.

–Llámeme usted tan pronto sepa lo de Miguel Ángel.

–Lo haré.

Los dos se pusieron de pie. Juan no supo cómo despedirse. Ella se adelantó a la puerta abierta que daba de la sala al balcón y se recostó en el marco. De súbito, una voz insistente, punzante, que hablaba en estacato y con una urgencia inusitada invadió todo el espacio de la casa. Aquel torrente pertinaz de palabras, donde cada articulación parecía tener que forcejear con otras para hacerse hueco en un limitado espacio de tiempo, anunciaban las últimas declaraciones de un Jefe de Agencia del Gobierno, el posible cierre de una fábrica en el sur de la isla, una plaga en un lejano país asiático, la presencia de nuevos grupos del narcotráfico que operaban en distintos puntos del país, dos asesinatos en Oregon y una nueva cura para el cáncer.

–Hasta luego, Nora –dijo Juan con una voz que no lograba imponerse a aquel cúmulo de sonidos atropellados que venían de la casa del lado y cuyo tono por momentos se asemejaba a una arenga apocalíptica.

Y al salir por la puerta de rejas que había quedado junta, miró una vez más hacia atrás y pudo ver a Nora, el brazo derecho en alto apoyado en el marco de la puerta, la cara recostada en el brazo, sola y disminuida, sollozando.

Capítulo IV

Los focos del alumbrado público, suficientemente alejados unos de otros como para crear grandes pozos de oscuridad entre ellos, se habían ido deslizando al ritmo establecido por la velocidad del pequeño automóvil que ahora Pablo encaminaba, más allá de donde luego estuvo El Último Trolley, a la casa de la playa. Había dejado atrás la Terraza del Parque, aquella zona urbana que en esos primeros años de la década de los cincuenta, se le antojaba a él, constituía uno de los ejes del San Juan nuevo, y que a la caída del sol esa misma tarde, mientras caminaba por la acera buscando la casa, había articulado a su alrededor la extensa gama de luces y sonidos que poco a poco organizaba el espacio abierto de la ciudad nocturna. La Terraza del Parque y la casa de Frances y Jeff emplazada allí le parecían ahora espacios inscritos en un sueño. Recordaba vívidamente las palabras que habían cruzado Frances y él en el transcurso de la noche; repercutían en su cabeza como si se acabaran de decir. En cambio, la casa en sí, con sus ribetes de estilo colonial y proporciones modestas, perdía consistencia en la memoria. Se había reducido a un marco de paredes desprovistas de adornos con ventanas cuyas hojas, vueltas hacia fuera, habían desaparecido en la noche dejando grandes huecos por donde se colaban las pulsaciones de los coquíes y el sonido eléctrico de los grillos.

Pablo había acudido a la invitación que Frances le extendió en Cerro Gordo hacía unas semanas. Se presentó pensando que Jeff no estaría, y Jeff, en efecto, abrumado de obligaciones en la oficina, había pedido a su mujer que lo excusara. Nadie más acudió porque a nadie más convocaron. Solos, Pablo y Frances dejaron escurrir las horas entre unos platos fríos y unas copas de vino comentando primero asuntos de actualidad y luego, poco a poco soslayando el presente, la conversación fue cambiando de rumbo hasta iniciar un recorrido por sus vidas pasadas como si, sin saber precisamente por qué, hubieran sentido la necesidad de primero diferenciar sus experiencias inmediatas para más tarde buscar aquellos puntos en que los tiempos de uno y de otro momentáneamente se entrecruzaban en experiencias comunes. La búsqueda de aquella comunidad de tiempos resultaba doblemente difícil porque, salvo en contadas ocasiones, sus vidas habían transcurrido en zonas geográficas muy distantes.

"En la noche entraremos / a robar / una rama florida. / Pasaremos el muro, / en las tinieblas del jardín ajeno, / dos sombras en la sombra...", recordó mientras caminaba por el sendero de gravilla en dirección de la puerta de la casa luego de haber guardado el carro en el estrecho galpón que hacía las veces de garaje. Recordó que le había dicho a Frances que no olvidaba esos versos, leídos e impetuosamente comentados por él y sus compañeros de universidad hacía tantísimos años. Eran los tiempos de su entrega a la literatura, de las lecturas abundantes y desordenadas, de las polémicas siempre renovadas sobre para qué y para quién se escribe, del compromiso con el presente y el futuro. Hablaban con un arrogante desconocimiento del pasado que en sus cabezas se configuraba como la sucesión de dos o tres eventos aislados. Recurrían a los textos día y noche como si fueran productos del momento. Y tal era la imantación que todo aquello ejercía sobre él que se le hizo que lo que transcurría por su cabeza, aun cuando estaba dormido, podría de algún modo materializarse.

Entonces, le había preguntado Frances, ¿nunca tuviste

miedo de que pasara? De que pasara qué, había replicado él. De que todo lo que deseabas se cumpliera, dijo ella recordándole de paso que él a su vez la había interrogado hacía unas semanas en torno a eso mismo. Y él le había dicho que no, que en ese momento no. Después de todo, le había asegurado Pablo dándole un leve sesgo a la pregunta, él y sus amigos trataban las palabras como si carecieran de asociaciones propias y necesitaran de su gestión para dotarlas de significado. Esa circunstancia les daba la ilusión de ejercer un género de control sobre ellas. No, entonces no sintió miedo. Y cuando Frances le preguntó si pasado algún tiempo había sentido una inquietud semejante, él respondió con algo de impaciencia que se había trasladado a Nueva York a hacer su doctorado, y luego, justo después de la guerra mundial, viajó a España y a Francia para terminar su tesis. De regreso a Puerto Rico, la Universidad le había ofrecido un puesto de asistente. Se casó y se acababa de divorciar, y ese episodio prefería olvidarlo.

Llegó hasta la terracita que daba al mar y abrió las puertas. Se sentó en el piso de losas frías y se entretuvo con el ruido regular de las olas rompiendo muy cerca. Le pareció la historia de ella más interesante, ciertamente más variada, que la suya. Había nacido en Italia, cerca del Adriático, pero emigró de pequeña a Francia. Aludió vagamente a una estadía "en el este" de Europa. Pero luego vinieron los años sombríos que anunciaban la segunda guerra europea y su viaje con sus padres a América. Habían recalado en Puerto Rico, en la región entre Mayagüez y Cabo Rojo, donde ella pasó un tiempo. Luego, en un pequeño *college* en Estados Unidos conoció a Jeff, nacido en Chicago de familia puertorriqueña, y se casó. Y ahora, Frances dejó la frase en el aire.

Pablo regresó de súbito de un mundo aparte al que se había abstraído. Mientras ella hablaba una serie de imágenes desfilaron por su cabeza: pequeños jardines bajo la lluvia vistos a través de cristales de superficie desigual que el frío empañaba obstinadamente, grandes parques simétricos en la luz de la primavera, los muelles sombríos y prácticamente desiertos de un puerto del norte, luego bajo el sol de las islas, los tulipanes africanos y los mangós con sus frutos colgantes que ya mostraban los encendidos tintes violáceos del verano y los flamboyanes florecidos que él recordaba de un patio de su casa. Y sin embargo, pese a que Pablo había ido reuniendo aquellas hebras apretadamente, se insinuaban, por encima de la aglomeración de imágenes, grietas cuya existencia él podía intuir pero cuyo acceso por ahora le era vedado, espacios que, sin saber cómo, habría de rellenar acaso en otro tiempo, más adelante. Entonces se dio cuenta de que ella lo miraba como en espera de alguna pregunta y él acogió en sus ojos los de ella del mismo modo que lo había hecho en otro lugar hacía unas semanas. Sin que mediaran palabras, supo, y no dudó de ello porque de algún modo sentía que ya se había deslizado en un entramado cuya secuencia estaba más allá de su previsión y alcance, que la vería de nuevo, y casi sintió la espalda lacerada por el continuo golpear contra la pared de piedra que, en el torbellino de viento, se cerraba en círculo y supo que estarían de algún modo de nuevo solos.

Al despedirse esa noche cerca de la puerta, retuvo las manos de Frances en las suyas un tiempo más largo de lo usual y, al no retirarlas ella, Pablo creyó entender que aquel encuentro había culminado en un acercamiento tibio, solitario, en una especie de conspiración a la que los dos se entregaban voluntariamente. Nos veremos muy pronto en mi casa, le aseguró él ya en el umbral. Nos veremos aquí, repitió en voz alta mientras estiraba su cuerpo sobre la superficie fresca de la terraza y, cerrando los ojos, creyó ver el diseño de cada ola suavemente volverse espuma en el interior de su cabeza.

Capítulo V

El olor a limón. Focos sujetos al techo que proyectaban grandes círculos de luz sobre la barra en forma de herradura dejando el espacio alrededor, por donde transitaban figuras borrosas, envuelto en una penumbra de humo densa y casi impenetrable. Olor a whiskey, olor a china y jugo de piña mezclado con ron, el burbujeo de las gaseosas, las batidoras que trituraban el hielo contra el cristal hasta volverlo casi espuma. La música ensordecedora había cesado súbitamente en los instantes en que ellos entraban en el local. Debía ser la hora de descanso. A pesar de que inicialmente Isabel, quien acababa de regresar del centro de la isla, se había mostrado poco interesada, Juan González a la larga pudo convencerla de que lo acompañara al lugar donde esperaba encontrarse con Miguel Ángel. Nora indicó el sitio. Había llamado a Juan por teléfono esa tarde para dejarle saber que, pese a todos sus intentos, no había logrado hablar personalmente con su hijo. En uno de los números de teléfono que el muchacho dejó en casa de sus padres antes de irse, por si alguien llamaba con urgencia, Nora logró averiguar dónde se encontraría Miguel Ángel esa noche. No había sido fácil. La voz que contestó el teléfono en aquella casa desconocida, hosca y titubeante, y que en un primer momento negó tener noticias del paradero del hijo, al enterarse de que era la madre quien llamaba indicó, luego de unos instantes de silencio, en qué lugar preciso y a partir de qué hora se le podía conseguir. Súbitamente colgó sin esperar siquiera a que Nora se despidiera.

Juan e Isabel se internaron en el tumulto de voces y sombras. Según avanzaban hacia el centro del local, el humo se volvía más espeso y a Juan se le hizo cada vez más difícil distinguir rasgos precisos en las caras que, gesticulando, se agrupaban en círculos o, solitarias, parecían suspendidas en un aire opaco y azul. Pero al detenerse en un claro junto al bar pudo ver, en una mesa dispuesta en la penumbra de una esquina, a la persona que buscaba. El muchacho estaba acompañado de un hombre que aparentaba unos cincuenta y tantos años y una mujer que, desde lejos, parecía de edad indefinida. Al acercarse Juan, el joven Miguel cortó de pronto la conversación con el hombre que tenía a un lado y se quedó mirando la pareja que se había detenido frente a su mesa. Estuvo contemplándolos unos instantes como si no los reconociera. Luego, como impulsado por un resorte, se puso de pie y estiró la mano.

–Juan González. Muchacho, tanto tiempo.

Sus movimientos eran bruscos y hablaba demasiado alto, como si le interesara que las personas a su alrededor se enteraran de lo que estaba diciendo. Hacía varios años que no se veían. La última vez, creía recordar, había sido en casa del padre, una tarde que Juan pasó a recoger un trabajo suyo que el profesor había estado revisando. En esa ocasión, Miguel Ángel vestía unos mahones y una camiseta desteñida y estaba recostado en el sofá de la sala repasando con evidente desgano una revista noticiosa. Tenía el pelo largo y daba la impresión de haberse dejado de afeitar un par de días antes. Mientras esperaba en la puerta que separaba la sala del balcón a que don Miguel buscara el trabajo prometido, el joven de la casa lo saludó levantando una mano pero sin articular palabra. Luego volvió a la revista que estaba leyendo. De regreso, don Miguel pasó por su lado con la vista fija en los papeles que traía. Al despedirse de Juan, el hombre mayor gesticuló con un ligero movimiento de cabeza en dirección del sofá y comentó:

–Los trabajos de Hércules.

Luego se despidieron.

Miguel Ángel había dejado de estudiar en dos ocasiones. La primera vez, desapareció inesperadamente. Unos decían que estaba en Nueva York, otros en Los Ángeles o Chicago. Alguien mencionó que lo había visto trabajando de operario en una de las plantas de productos farmacéuticos en el área de Barceloneta. Lo cierto es que pasados cuatro meses de ausencia, volvió a aparecer en la casa sin que nunca se supiera a ciencia cierta dónde había estado. La segunda vez el cambio fue menos dramático. Llegado el fin de un semestre, luego de haber estado postergando lecturas y viajes a la biblioteca, Miguel Ángel se encontró con que le sería imposible cumplir con las obligaciones de los cursos en que estaba inscrito. Decidió tachar esos meses de su vida y no inscribirse en los cursos que empezaban en enero. Logró encontrar un empleo de dependiente en una de las tiendas por departamento de Plaza Las Américas y empezó a frecuentar pubs y discotecas en el Condado y en el Viejo San Juan. Regresó a la Universidad a comienzos del siguiente año lectivo. Y aunque continuó viviendo en la casa de sus padres, se produjo, a partir de su retorno, un distanciamiento marcado entre los tres. Su circuito de amistades, además, cambió notablemente. Ninguno de sus nuevos amigos y amigas venían a la casa. Se comunicaban con él por teléfono, y tanto Nora como el padre suponían que los encuentros se llevaban a cabo durante las numerosas excursiones nocturnas que hacía a distintos puntos de la ciudad. Al concluir sus estudios con una concentración en Comunicaciones, se dedicó a la publicidad, se estableció por su cuenta en un apartamentito en Isla Verde, que era en realidad poco más que un cuarto, y no ocultaba a nadie sus deseos de trabajar en cualquier área de la televisión.

Juan había oído decir que el Miguel Ángel de ahora no era el de antes, pero así y todo no le dejó de sorprender el porte y el atuendo. Llevaba el pelo corto, cuidadosamente peinado, y vestía un traje cruzado de corte europeo que, siguiendo una moda que Juan había visto en anuncios de periódicos, daba la impresión de ser de por lo menos una talla mayor de la que por naturaleza le correspondía. Desde muy joven se le había conocido una disposición que alternaba entre el letargo y la actividad febril, a pesar de que solía predominar lo primero. Los períodos de ajetreo, aunque intensos, duraban poco. Esta vez, sin embargo, Juan tuvo la impresión de que se había operado un cambio y que el impulso que ahora dominaba era el de una actividad continua. Sus movimientos eran bruscos, como si estuvieran motivados por impulsos mecánicos.

Los invitó a sentarse en la mesa.

–A ti no te conocía –le dijo a Isabel tan pronto se acomodaron. Ella se retrajo un poco y no supo qué contestar.

–Es mi compañera –repuso Juan–, hace un tiempo que estamos juntos.

–Ah, ah –dijo Miguel Ángel maquinalmente.

El hombre mayor tenía los ojos fijos en la barra y la mujer, con el pelo pintado de un rubio ceniza, fumaba distraídamente. De cerca, parecía tener unos cuarenta años, pero un exceso de sol y, quizá, un horario habitualmente irregular le habían dado al rostro una configuración algo abultada que le restaba frescura y juventud. Miguel Ángel no se tomó el trabajo de presentar a sus compañeros de mesa. Meramente preguntó a la pareja que recién se acomodaba si querían beber algo. Juan ordenó un whiskey e Isabel indicó que sólo apetecía un vaso de agua.

–¿De verás que nada más? –preguntó Miguel Ángel–. Vamos, chica, vamos, aunque sea un vinito blanco.

–No, gracias.

La reserva de Isabel le daba un aire ligeramente hosco y Miguel Ángel, acaso viendo que era inútil insistir, se dirigió a Juan.

–Bueno, bueno y qué me cuentas.

El hombre mayor hizo una seña a alguien en el fondo del local y en seguida se levantó.

–¿Te vas, Champolo? –preguntó el joven Miguel interrumpiendo a Juan, quien en esos momentos se disponía a hablar.

–Regreso ahorita –replicó el otro.

–Ajá, bien.

Hizo una pausa. Luego, volviéndose a Juan, se le quedó mirando.

–Quisiera hablarte en privado –dijo Juan.

Miguel Ángel dio un vistazo a su alrededor. Se detuvo en la mujer que tenía a su lado y la observó por unos instantes. Luego, inclinándose, le dijo algo al oído. Ella se encogió de hombros. El hizo un ademán de abrazarla pero ella lo apartó suavemente, recogió su vaso, los cigarrillos y el encendedor y se puso de pie.

–Ciao –musitó, y comenzó a alejarse de la mesa.

Juan González la observó caminar acompasando las caderas a un ritmo sin duda interno y secreto, con un dejo de desgano, hasta llegar al bar donde se unió a dos mujeres jóvenes, una de ellas, que desde lejos cautivó la atención de Juan, delgada y pálida con el cabello negro, largo y ensortijado.

–Bueno, bueno, pero si vamos hablar en privado, es en privado, bro.

Mientras tomaba un sorbo del vaso que habían colocado frente a él y que hasta ese instante no había tocado, Miguel Ángel puso su mirada en Isabel. Ella, turbada, se ajustó la larga tira de la cartera de lona al hombro e hizo un ademán de levantarse. Juan le tomó una mano.

–Espérame cerca del bar –dijo en un tono que traducía algo de molestia y preocupación–. Allí, por ejemplo.

Le señaló con la cabeza un lugar bien iluminado que en esos momentos estaba vacío junto a la herradura de madera lustrosa. Sin embargo, al ver que ella, ligeramente desorientada, se levantaba con las manos vacías, la detuvo.

–Aunque sea llévate el vaso de agua, porque si no alguien te va a ofrecer algo de beber.

Isabel se aferró al vaso y los dejó solos.

Miguel Ángel se acomodó en su butaca y ladeó ligeramente la cabeza. Por fin habló.

–¿Cómo te enteraste que yo estaba aquí?

–Tu mamá llamó a uno de esos números que habías dejado en la casa.

–¿Y en seguida le dijeron dónde yo estaba? –preguntó entre incrédulo y burlón.

–Me parece que no le fue fácil conseguir esa información.

–Pero la consiguió. Ella no se pierde en ninguna parte. Ni en las ventas del carajo.

Hizo una pausa y sonrió.

–La tuvo que conseguir porque hay problemas –dijo Juan.

–¿De veras?

–Sí, y grandes.

Miguel Ángel se incorporó de súbito en el asiento y se inclinó un poco hacia delante.

–¿Problemas? ¿Conmigo?

–No, contigo no, con tu padre.

El joven Miguel volvió a acomodarse en la butaca, estiró las piernas, y dio un suspiro a la vez que echaba una mirada ávida a su alrededor. Luego, súbitamente volviéndose a Juan, dijo:

–¿Estás seguro, bro, de que no me estás pegando el vellón?

–No, no es relajo.

Juan notó que el otro volvía a desplegar aquella jovialidad eléctrica, de movimientos bruscos y cortantes que había notado al llegar.

–Oye, ¿otro palito? Te invito.

Juan asintió, pero experimentando cierta incomodidad.

Una vez que el mozo, bandeja en mano, se retiró en busca de lo que se le había ordenado, Juan decidió abordar el asunto.

–Lo de tu padre es serio.

–¿Ah, sí? Cuéntame. ¿Está enfermo?

Miguel Ángel no daba señas de estar preocupado. Se acomodaba y se volvía a acomodar en el asiento como si no lograra encontrar una posición en la que se sintiera bien.

–No, no está enfermo. Es algo mas extraño, quizá más grave.

–Ah...

–Ha desaparecido.

El mozo había regresado con las bebidas y las dispuso en la mesita que los separaba al uno del otro.

–Apúntamelo, Pedro –dijo con magnanimidad y descuido Miguel Ángel.

–Como siempre, Mike –dijo el otro, sonriendo–. Gran cliente –añadió en seguida dirigiéndose a Juan.

Solos una vez más, Miguel Ángel, luego de tomar un sorbo, comentó:

–¿Desaparecido, el viejo? Como que no me suena.

–Pues así es.

Miguel Ángel levantó la cabeza y se quedó durante unos instantes mirando el andamiaje de metal pintado de negro que adornaba el techo del local.

–A lo mejor se ha ido a pasar una temporadita con la señora Laura. Y ahora "ya sé que no lo eres", pero a lo mejor sí que lo es.

Rió por lo bajo e hizo un movimiento brusco en la butaca.

–¿De quién hablas? –preguntó Juan.

–De quién va a ser. De Amelia Sánchez, por supuesto. "mas este amor que ha sido..." Si lo llega a saber la vieja. Pero a lo mejor hasta lo sabe.

Juan recordó el nombre. Recordó, también, haberla visto de lejos en conferencias y en una que otra de las presentaciones de libros más concurridas. Aún con el pelo gris, en su rostro se transparentaba algo de lo que, años atrás, debió de haber sido una belleza excepcional. Todo el mundo parecía conocer la historia de su relación con don Miguel. De estudiantes en la Universidad, habían sostenido un noviazgo que muchos compañeros caracterizaron de tórrido. Luego algo pasó. Se separaron y pocos años después don Miguel se casó con Nora. Pero se comentaba con insistencia que Miguel y Amelia habían reanudado la antigua relación aun después de nacido Miguel Ángel. Muchos se aferraban a la idea de que ese "entendido" en realidad nunca se desvaneció del todo y que todavía duraba. Amelia, quien se desempeñaba como profesora en la Universidad había sido expulsada a raíz de la huelga del '48, y luego de un par de años en Estados Unidos había regresado a enseñar primero en una escuela secundaria, y luego en el Recinto Universitario de Mayagüez. Allí la conocían menos; allí era menos conspicua. Hacía ya muchos años que escribía una columna mensual sobre asuntos y personalidades literarias en uno de los diarios más importantes del país y se rumoraba que tenía en preparación un libro de ensayos sobre narrativa puertorriqueña.

–Casi te puedo asegurar que con esa señora no está –afirmó Juan, incómodo ante el desparpajo de su interlocutor. Recordó que en verdad nunca se había sentido cómodo en su compañía. El derroterro zigzagueante que parecía ser la norma de la vida de Miguel Ángel lo inquietaba hasta el punto de inspirarle un miedo difuso y de hacerle la figura del muchacho particularmente antipática. Vivía en un mundo de situaciones hipotéticas y de elaborados "posibles", todos desenlazando en un éxito que nunca se acababa de materializar.

–¿Tan seguro estás, bro? –preguntó el otro, demorándose un poco en la última palabra.

–Tan seguro estoy de que no está allí –respondió Juan–. A menos que doña Amelia se haya dedicado en estos últimos tiempos a secuestrar amigos, pero amigos de los buenos, de los Wilson. Un secuestrito suave, nada de violencia innecesaria, nada de mordaza ni de sangre. Uno de esos secuestritos para uno irse calentando poco a poco.

Sonrió sin ganas y de momento miró en dirección de la barra. Le tomó unos instantes recomponerse. Luego, al ver que el otro no decía nada, Juan procedió a relatarle detalladamente todo lo ocurrido hasta el momento.

Miguel Ángel bajó la cabeza y apretó los labios. Juan creyó percibir en aquellos gestos un mero simulacro de preocupación. Luego, incorporándose en la butaca con brusquedad, dijo:

–Bueno, bueno y ahora qué.

–¿Cómo que ahora qué?

–¿Qué tengo yo que ver con eso? –preguntó mientras bebía y Juan creyó notar un ligero temblor en el vaso que el otro sostenía en la mano.

–¿Y ni siquiera te preocupa qué le ha pasado?

–¿Y yo, que pito toco aquí? –repitió Miguel Ángel en un tono de voz más alto.

–Sólo vengo a pedirte ayuda.

–¿Y cómo coño puedo yo ayudar en este frangollo? –un hilo de irritación atravesaba su voz–. Esto debe ser un chiste, chico. Esto es un gufeo de alguien. Estoy seguro que a él no le ha pasado nada –afirmó con convicción.

La mujer que anteriormente había estado sentada junto a Miguel Ángel regresó a la mesa y se sentó a su lado. En la mano izquierda tenía un vaso y un cigarrillo y con la mano derecha empezó acariciar el pelo del muchacho.

–No hemos terminado todavía –dijo él mientras dejaba resbalar su mano por los muslos de ella. La mujer se inclinó y le dijo algo al oído.

–Ajá, dile a Champolo que ya voy. –Hizo una brevísima pausa. Después, con más urgencia, añadió–: Que no se vaya a ir, que ya mismito voy.

Ella se retiró.

–Carajo, ¿y qué me toca a mí en todo esto?

Miguel Ángel esforzaba un poco la voz. En el transcurso de la noche el público había ido aumentando y ahora el ruido de voces que parecían hablar al unísono se hacía casi ensordecedor.

–Quizá, quizá tú sepas algo que nos pueda ayudar –dijo Juan.

–¿Yo saber algo? –y la voz del joven, acaso por el esfuerzo, parecía temblarle.

–Qué sé yo, algún indicio.

–Pero si tú sabes que desde que salí de casa hace más de ocho o nueve meses ni siquiera nos hablamos.

–No, no lo sabía.

–¿Y no te lo dijo Mami?

–No, no me lo dijo.

–Carajo, además, mira, bro, yo me fui de allí para estar por mi cuenta, para que se acabaran las jodiendas conmigo, para yo poder vivir como me dé la puta gana –Ahora la voz subía de tono tornándose casi estridente–. Para yo hacer mi carrera. ¿Entiendes? Pero todavía no me dejan en paz, todavía me quieren enredar.

La irritación alteraba la configuración de su cara. Se puso de pie.

–Nadie te quiere enredar, coño –Juan se había levantado y de golpe se percató de que él también casi gritaba–.

He venido a buscar ayuda, a saber si habías notado algo raro en los últimos tiempos.

Las personas que se encontraban junto a la mesa, sospechando un altercado entre borrachos, empezaron a alejarse del contorno.

–Óyelo bien, a mí no me importa un coño ninguno de los dos. Y él menos.

–Ya veo, ya veo. No tienes que decirme nada más –dijo Juan e intentó buscar en los bolsillos de los mahones unos billetes para pagar el consumo. El otro, tenso, con un ligero temblor en el párpado izquierdo, se percató de la maniobra.

–Déjalo, déjalo, que yo tengo de sobra –gritó haciendo un gesto con la mano.

–¿Ah, ya conseguiste trabajo?

–No, pero ya mismito. Y buen trabajo que está al caer. –Luego, silbó por lo bajo, como en una exhalación–: So pendejo.

De pronto, Juan, con un gesto amenazante, levantó los brazos y el otro, reculando un poco, hizo lo mismo pero al dar un paso hacia atrás tropezó con la silla en que había estado sentado y momentáneamente perdió el balance. Juan bajó la guardia. Mientras el otro se agarraba al brazo de la butaca para enderezarse, hizo una mueca, le dio la espalda y se dirigió, atravesando el grupo que rodeaba la mesa y que ahora hablaba en voz baja, al lugar de la barra donde se esperaba encontrar a Isabel.

En otro extremo del local, en un claro muy reducido, ella apretaba el vaso de agua, ya casi vacío contra el hombro izquierdo. Dos hombres jóvenes, inclinados sobre el mostrador, bebían y cuchicheaban a su lado. El se acercó y la tomó suavemente por el brazo. Isabel no sabía que Juan estaba tan cerca y en el sobresalto inicial casi dejó caer el vaso sobre la superficie lisa y brillante de la barra.

–Vámonos –dijo él.

Ella se dio media vuelta y Juan pudo notar que tenía los ojos llenos de lágrimas.

–¿Te ha pasado algo? –le preguntó a Isabel en voz muy baja mientras le pasaba suavemente la mano por la mejilla.

–No –contestó ella aún apretando el vaso contra su cuerpo–, es que me asusto.

–No va a pasar nada. No te preocupes. No ha pasado nada.

Juan puso el vaso sobre el mostrador, la tomó de la mano, y, atravesando el estrépito de voces, el choque de cristales y el sonido agudo, como de taladro, de las licuadoras, salió al parking y al calor de la noche.

El sol de toda esa tarde había caldeado el apartamentito en Isla Verde. En cuanto entraron, él abrió las ventanas y las puertas que daban al pequeño balcón. Una leve ráfaga de aire fresco inundó la única estancia. Luego, volviendo a cerrar puertas y ventanas, prendió la máquina de aire acondicionado. Ahora, sólo se escuchaba el ligero temblor del aparato y el silbido del chorro de aire refrigerado. Se desnudó y se metió en la cama. Ella se demoraba en el baño. Al fin salió vistiendo una camisa de dormir azul pálido, apagó la luz de la mesa de noche y se acostó, de espaldas, junto a él. Poco antes de meterse en la cama, Juan había dado un vistazo al desorden de papeles y lápices en la mesa que servía de escritorio al lado de una de las puertas del balcón y se dijo que no podía seguir postergando aquel trabajo, que tendría que volver pronto a él. Y ahora, cómo, pensó, ya en la oscuridad, y sintió una ligera opresión en el pecho. Se viró hacia ella y puso la mano izquierda en su cintura. Ella, que parecía estar aferrada a la almohada, no se movió.

–Esta noche no –musitó, aún sin moverse.

–Sólo quiero tocarte, nada más, sentir tu piel. Si tú no quieres, nada más.

El recorrió con su mano ancha los contornos regulares del cuerpo que yacía a su lado y, pasándola bajo la sabana, buscó la suavidad lisa de su vientre. Ella colocó una mano sobre la suya y por unos instantes él no supo si aquel gesto era una respuesta a su caricia o un intento de evitar que continuara.

–Esta mañana fui a hablar con Joe en la sede –dijo en un tono de voz de tal modo bajo que apenas se sostenía por encima del susurro del aire acondicionado.

Juan se mordió el labio inferior y cerró los ojos. Esperó a que ella continuara, pero ya de antemano adivinaba los reclamos que habían de seguir, las explicaciones forzadas, el hilo de palabras destinadas a tejer una red de justificaciones, una red férrea e impenetrable.

–Me necesitan en Portland. Joe dice que allí puedo ser útil, que viene un grupo nuevo que necesita orientación. Que hay que mover gente, así dijo.

–Quizá yo te necesite más, sobre todo ahora –Tenía la voz ronca, como atravesada por el deseo, y sintió el lento entumecimiento de su sexo.

–Te lo he explicado muchas veces, Juan. Mi obligación es con ellos primero. Es una obra grande, es una obra bella.

Seguía hablando quedo, pero de momento el tono adquirió matices inesperados. Había ahora en su voz una firmeza que era también distanciamiento. Juan recordó la vez anterior que se había ido. Recordó también el cambio que se había ido operando en ella después que comenzó a frecuentar aquella "escuela de crecimiento e integración universal", con sus conferencias, sus "retiros" de semana entera en una casa de campo en el centro de la isla, la insistencia con que ella comenzó a ofrecer el material impreso que ellos distribuían a cambio de dinero, las invitaciones a algunas amistades, los reclamos a que asistieran a sesiones de orientación. El accedió a acompañarla un par de veces a la sede de Santurce. Para las sesiones oficiales todos se vestían de blanco con unos camisones de algodón azul marino, lo cual les daba el aire jovial de un coro o de un equipo deportivo. Pudo palpar allí una camaradería que le pareció sofocante. Escuchó las conferencias que remedaban un lenguaje de filosofía oriental salpicado de psicología, pero en donde todo estaba hábilmente desplazado para sustentar argumentos que aspiraban a la categoría de inapelables, aunque un auditorio ligeramente escéptico los juzgara en un principio al margen de la realidad. Pero ellos, en charlas, en panfletos –la mayoría de estos en inglés- y en grandes papeles sujetos con tachuelas de colores a los tablones de edictos, prometían nuevos modos para acercarse al mundo sensible. Prometían paz y, sobre todo, felicidad y armonía con el cosmos.

Al principio, el cambio en ella no se había operado de forma demasiado evidente. Su habitual timidez disminuyó, pero la suavidad de sus gestos, la inclinación a sorprenderse agradablemente ante tantas cosas, el color del mar durante una tarde de diciembre en la playa, una serigrafía entrevista a través de los cristales de una galería, seguía siendo la misma. Continuaban viéndose con mucha frecuencia, y él llegó a pensar que aquel camino "nuevo" escogido por ella, la estaba llevando a regiones donde su sensibilidad se tornaba más aguda y exaltada. Sólo en el modo de hablar se podía notar alguna diferencia. Había allí como un nuevo equilibrio que era a la vez indicio de distanciamiento. En ocasiones, Juan sentía que le era del todo imposible llegar a ella, que los comentarios que Isabel hacía en el transcurso de una conversación, o las respuestas a preguntas suyas, no guardaban relación con el ambiente de intimidad que estaban viviendo y comenzó a sospechar que aquellas palabras, articuladas como si estuvieran fuera de contexto, en lugar de unirlos efectivamente los separaban. Y así fue. En el transcurso de unos meses, la distancia entre ellos comenzó a dilatarse considerablemente. Cada vez pasaba más tiempo con "ellos" y menos con él. Una tarde en que salieron al Viejo San Juan a tomar un café –ella ahora se negaba a salir de noche y a tomar alcohol– Isabel le informó que se iba primero a Chicago y después a Londres, que el Instituto la mandaba allí a meditar, a tomar unos cursos más especializados y que esperaba poder por fin realizarse como persona. Él, que sostenía la mano de ella entre la suyas, la oprimió levemente y sintió un vuelco en el vientre. Presentía que todo intento de disuasión sería inútil, pero aun así se resistía a la idea de que se fuera.

–Yo quiero decirte –balbuceó Juan.

–No digas nada –interrumpió ella casi con ternura–, lo que hago es necesario. Tú siempre has sido alguien muy especial, pero ahora no tengo nada que darte.

Isabel sustrajo su mano de entre las suyas.

–No te vayas.

El trató de volver a tomar su mano pero ella se resistió.

–No puedo no irme –dijo Isabel con una firmeza que no le era habitual–. Te escribo, no te preocupes.

Esa noche él se fue a un bar y bebió hasta aturdirse.

Casi un año después, Juan recibió una carta suya. Estaba de regreso de Londres en Nueva York, sola, decía. Su padre, quien había enviudado hacía ya mucho tiempo, la había convencido de que regresara y ella se sentía más fuerte y estaba dispuesta a volver, quizá por unos meses, quizá definitivamente. Juan notó uno que otro rasgo desigual en lo que hasta entonces había sido una letra de una marcada regularidad. Pero el tono correspondía al de siempre. Escribía como si hablara en voz muy baja, y las cláusulas se entreveraban, en cadencia, como si el ritmo estuviera puntualizado por silencios sucesivos, como si aquel entramado remedara la respiración.

Duró en la modesta casa de su padre dos semanas. Luego de un altercado violento entre ambos, Isabel le indicó a Juan que no tenía dónde quedarse. Le pidió que la acogiera y él le ofreció su apartamento de Isla Verde. El padre se limitó a gritarle improperios en los momentos en que ella sacaba la maleta de la casa y a repetir que no iba a darle un solo centavo porque lo poquito que tenía le había costado mucho, que jamás volviera a pedirle dinero. No volvió a comunicarse con ella, ni siquiera por teléfono.

Recordaba el primer mes que pasaron juntos como uno de intensa felicidad. Era como si en el espacio de cada día se fueran descubriendo uno al otro, como si aspectos muy privados que hasta entonces se hubieran mantenido celosamente ocultos surgieran a la luz por primera vez. El verano había recién comenzado y ahora disponía de tiempo amplio para el proyecto en que había estado trabajando hacía ya casi dos años. Durante los nueve meses que dedicaba a la enseñanza a nivel intermedio en una escuela privada de Guaynabo no podía dedicarle más de unas cuantas horas por semana, a veces rescatadas muy temprano en la mañana o tarde en la noche. Los días de junio que iniciaban la larga vacación hasta agosto, en cambio, se le ofrecían como de una inesperada amplitud y de contornos indeterminados. Los moldeaba a su antojo, con el lápiz y el papel, con las manos que, en las primeras horas del día o en la penumbra fresca del cuarto refrigerado y en el silencio que precedía al sueño, se deslizaban bajo las sábanas en busca del cuerpo de la otra. Hicieron varias excursiones al interior y pasaron un fin de semana en Vieques y el último en Culebra. Pero ya, a dos meses de distancia, Juan había notado cambios. En ocasiones su mirada transparentaba una inquietud, casi un sobresalto que la impulsaba a replegarse sobre sí misma, como si trabajosamente buscara modos de articular y dar cauce a impulsos que presentía como oscuros e incontrolables. A fines de julio comenzó a frecuentar el Centro con regularidad. Era cuestión de reanudar viejas amistades, había dicho, o saludar a uno de sus antiguos compañeros que había regresado de Estados Unidos. Las visitas a Santurce que, durante las primeras semanas de su estadía en la isla, se daban muy de vez en cuando, ahora se sucedían una tras otra. Luego vinieron las convocatorias a Adjuntas. Aunque él insistía en restarle importancia a las idas y venidas, era evidente que con cada día que pasaba la distancia entre ellos se hacía mayor. Por la mañana, sentada en el piso del balcón del pequeño apartamento, orientando su cuerpo hacia el mar, los ojos perdidos en el vacío, pasaba horas moviendo los labios en silencio sin que él supiera a ciencia cierta si el ritual era un ejercicio de meditación o el repaso de una materia que debía aprenderse de memoria. Muchas veces, aquellas sesiones de mañana la inclinaban durante el resto del día a un mutismo que sólo se interrumpía en contadas ocasiones y que la dotaban de un humor que él no sabia si calificar de hostil o compasivo o meramente de recogimiento extremo. De nada sirvieron las palabras con las que él pedía que compartiera sus preocupaciones. Con un gesto de impaciencia o con una mirada neutral y silenciosa, Isabel obviaba toda réplica. Y cuando hacían el amor, él imaginaba que la urgencia que lo dominaba en parte se explicaba por aquella resonancia hueca, como de higüera, que tenía en ella todo lo que él susurraba a sus oídos. Isabel ya no estaba allí. Isabel era de ellos.

–Me voy. Dentro de tres días me voy.

El dejó de acariciarla y se mantuvo a su lado, con el sexo duro, la respiración pesada, mudo, inmóvil y como transido por la urgencia del deseo.

Capítulo VI

Tres veces esa mañana había intentado, sin éxito, comunicarse con ella por teléfono. Al fin la consiguió poco después del mediodía.

–No, no voy a poder ir sola. Jeff canceló por ahora el viaje a Nueva York. Lo pueden llamar en cualquier momento pero no hay nada seguro.

La invitación de Pablo era para cenar en la casa que no hacía mucho había alquilado en una calle en los extremos de Ocean Park, más allá de lo que luego se llamó el Parque Barbosa, y que había amueblado con piezas sueltas de su antiguo apartamiento y otras adquiridas casi al azar pero que ahora, se le antojaba, parecían que siempre habían estado allí. Había previsto la cita para dos días después, el sábado o, el sábado siguiente, y, al hablarle, se había dirigido sólo a ella excluyendo, mediante un riguroso empleo de singulares, toda otra persona. La firmeza del tono, además, parecía descartar de antemano la posibilidad de fechas alternas. Sin embargo, él creyó entrever, en el breve silencio que precedió la respuesta de Frances, un inesperado gesto de sorpresa o rechazo, una fugaz advertencia respecto de aquel ritmo acelerado que él quería imponer en el trato entre ellos y que la otra no parecía encontrar del todo admisible. O por lo menos, en ese momento no.

–De todas formas, ese sábado no hubiera podido ir. Tenemos un compromiso –añadió Frances.

–Entonces, cuándo.

La pensaba al otro extremo de la línea, la cabeza ligeramente ladeada, el auricular envuelto en una mano pequeña y suave, los ojos entrecerrados como si estuviera pensando en otra cosa, como si su atención divagara y él, momentáneamente, corriera el peligro de perder todo contacto con ella y de encontrarse, sin haberlo sospechado un solo instante, al margen de la realidad.

–Pienso que durante esa semana tenemos varios días sin compromiso –dijo Frances.

La firmeza del plural lo persuadió de modo irrevocable de que no vendría sola.

–Bueno, tengo que consultar a los demás.

–¿A los demás? –preguntó ella entre asombrada y divertida.

–Un grupo de amigos, creía que te lo había dicho –dijo mientras rebuscaba atropelladamente en su memoria los nombres de las personas que ahora tendría que invitar–. Sí, conociste algunos de ellos en Cerro Gordo.

Ella no replicó en seguida y él quiso pensar que se encontraba momentáneamente decepcionada.

–Entonces, escoge tú el día.

–Déjame ver. Quizá martes o miércoles. –Frances hizo una pausa y él sintió la erre vibrar, lejana–. Martes, el martes estoy segura de que no tenemos nada. ¿Qué te parece?

Pablo había notado que, al iniciar la conversación, las primeras palabras de ella tenían un dejo de ausencia, un aire reconcentrado como de pensamiento que se articula en voz alta y que no estaban dirigidas a un interlocutor preciso. El tono, sin embargo, ahora cambió, y desde el otro extremo la voz le llegaba sostenida por una corriente cálida, cordial, como inclinada a la intimidad.

–El martes, perfecto. Sujeto a confirmación, claro está. –Pablo sintió una vez más la urgencia que había experimentado al oír por primera vez su voz en el auricular.

–El martes estaremos allí –y ella rió–. ¿Puedo llevarte algo? Un hombre solo no siempre se las arregla bien.

–Contigo basta.

Y esta vez rieron los dos.

La casa había estado cerrada un poco más de un año. La dueña, a quien nunca le satisfizo vivir allí, se había mudado por razones de salud a otro sector de la ciudad donde todo estuviera más accesible y buscaba, más que un inquilino, un guardián que velara por aquella propiedad "tan expuesta", al borde de una playa sin protección alguna. Y después, el salitre, decía, entornando los ojos y haciendo un gesto de desaprobación con la boca. Así que Pablo pudo, en lo relativo a la renta mensual, arreglar un contrato económicamente muy ventajoso. Cierto era, por lo demás, que la casa había caído en un estado de semi-abandono y urgían múltiples arreglos que los dueños no estaban dispuestos a costear. Pero él decidió que con la ayuda de carpinteros y pequeños artesanos que conocía le sería fácil remediar las goteras y filtraciones que manchaban algunas paredes de las habitaciones del segundo piso, las tres o cuatro ventanas que no encajaban en sus respectivos marcos y la falta de pintura. La pintaría de blanco, pensó mientras la miraba desde el acceso al pequeño espacio de estacionamiento frente a la entrada principal.

Una hilera de esos que llaman pinos australianos bordeaba los confines del solar donde se hallaba emplazada la estructura. En la esquina más alejada de la playa, un almendro de gran tamaño daba sombra a las inmediaciones de la estructura que hacía de garaje. Quien diseñó la casa debió de haberlo hecho olvidando todo principio de armonía y uniformidad de estilo. Un pequeño pórtico adornaba la entrada principal. Las ventanas de la primera planta eran de madera con cristales cuadrados, lo que le daba a esa parte de la edificación un aire vagamente inglés o francés; las del segundo piso, también de madera, eran de esas que se ven mucho en las casas de la isla: dos hojas con persianas que abren hacia afuera. El techo de zinc pintado de rojo y a múltiples aguas recordaba por su forma, y a un mismo tiempo, la casa de madera del interior y algunas estructuras del norte del continente europeo. Pero a pesar de esa diversidad que algunos podrían calificar de disparatada, el conjunto, quizá por ser una edificación de tamaño reducido, distaba mucho de chocar u ofender. Por el contrario, dado el emplazamiento y la vegetación circundante, la estructura, si bien en cierto modo extraña, evocaba en el ánimo de muchos, aunque ciertamente no de todos los que se acercaban a ella, una agradable sensación de recogimiento y bienestar. En el interior se percibía asimismo la tendencia a emplear elementos y estilos dispares. El piso de la sala y del comedor era de un mármol gris ligeramente veteado de negro mientras que el segundo piso constaba de un entablado que años atrás posiblemente estuvo cuidadosamente barnizado pero cuya superficie ahora era mate y estaba ligeramente descascarada. El comedor daba a una terraza no muy grande, parcialmente cubierta, que comunicaba directamente con la playa. Desde allí, muy a la izquierda y a lo lejos, más allá de la lisa y pálida extensión de una arena casi blanca, se divisaba, inscrita en la bruma diurna, la mole blanca de uno de los dos o tres hoteles turísticos de la isla.

Pablo logró persuadir a la señora que solía venir a limpiar una vez por semana que lo ayudara en la cocina y el servicio el martes destinado a la cena. Amplió la lista de invitados. Incluyó a Puco y Gladys, María Teresa y Jorge Mendoza y Marisa Zorzal. Esta última, por el momento adscrita al Departamento de Salud, mantenía además una práctica reducida de psicología infantil y, de alguna forma, su presencia entre amigos lograba instaurar, mediante gestos, entonación de palabras y la risa con que frecuentemente entreveraba la conversación, un aire de buen humor, de alegre descuido que no pocas veces lograba neutralizar los decaimientos que a menudo disminuían el ánimo de Pablo. Se habían convertido en buenos amigos. El la acompañaba ocasionalmente a reuniones y fiestas y, sobre todo, luego de su separación, de vez en cuando salían a comer a restaurantes poco frecuentados por conocidos mutuos. Ambos habían entendido quizá desde el principio que aquella relación previsiblemente no rebasaría los límites de una franca camaradería. En lo relativo a los Mendoza, Pablo los había conocido en casa de Puco, con quien Jorge compartía un amplio espacio de oficina en el Viejo San Juan. Ambos eran abogados y a pesar de una amistad de muchos años y de ocupar un lugar de trabajo en común, decidieron no asociarse. Son formas de conservar una buena relación, musitaba Puco en aquellas ocasiones en que alguien se aventuraba a preguntar, pasando por alto el hecho de que, en lo que tocaba a algunos asuntos de importancia, distaban mucho de estar de acuerdo. La divergencia de miras, sin embargo, no había sido determinante en lo relativo a sus vínculos profesionales y, más que los desacuerdos, pesaba en Puco el deseo de verse libre de trabas y compromisos de índole administrativa que el otro asumía sin reparos y que nada aportaban, así lo entendía él, a su capacidad para rendir servicios en su calidad de abogado. Jorge, por su lado, mostraba con frecuencia una inclinación a ser terco que a Pablo le parecía antipática y, en ocasiones, viniendo de una persona inteligente, hasta inaceptable. Pero, y en ello estaban todos de acuerdo, los ribetes de inflexibilidad quedaban más que mitigados por la cordialidad en el trato de Jorge y el interés que suscitaban los temas de su conversación. El grupo, pues, pensó Pablo, mientras observaba a la señora de moño ir y venir entregada a los preparativos finales, auguraba una noche agradable. Habría otros momentos para estar solo con ella. Quizá no tendría que esperar mucho.

Oyó crujir pasos en el estrecho sendero de gravilla que llevaba hasta la entrada.

–Aquí estamos, aquí estamos.

Puco había gritado, la voz un poco ronca, ya muy cerca

del falso pórtico. Al abrir la puerta, Pablo lo vio junto a Gladys, la mirada en alto, observando con detenimiento la casa.

–Normandía en el trópico –musitó afectando una leve sorpresa–. ¿Te das cuenta, nena? –dijo ligeramente presionando el codo de Gladys–. Oye, está menos destartalada de lo que yo creía. –Sonrió.

–No sé cómo lo soportas –comentó Gladys a la vez que Pablo le daba un beso en una mejilla–. Yo no tengo más remedio, pero en cambio tú...

–La verdad es que tampoco tengo yo mucho remedio –dijo.

Pablo sentía por Puco un genuino afecto que se remontaba a los años de infancia en que se habían conocido. Cuando se casó con Gladys, pensó que le iría bien en el matrimonio. Ella compartía con el amigo no sólo la chispa y el sentido de humor que lo caracterizaban, sino también, aunque en menor medida, el momentáneo desasosiego y la mirada turbada que, como sombras fugaces, con frecuencia acosa a aquellos que bromean sin tregua. Con todo, había en ella, un ritmo más pausado en la conversación, menos inclinado al arranque eufórico y al silencio repentino e inexplicable que de vez en cuando marcaban el curso de las palabras del marido. Además, ella irradiaba una sensación de bienestar y comodidad respecto del mundo que la rodeaba, la de encontrarse bien instalada en la realidad, circunstancias que Pablo estimaba poco comunes entre allegados y amigos más cercanos. Ciertos días de la semana solía pasar por el bufete y ayudaba en lo que podía; el resto del tiempo lo dedicaba a los dos niños varones de edad escolar que tenían y al cultivo de una cerámica tosca y rudimentaria que pacientemente trabajaba en un cuartito detrás del garaje.

–Siempre llegamos temprano –dijo Puco al pasar a la sala y como resignándose a un desastre–. Es culpa de ella. Los otros llegarán a las mil y quinientas y de seguro comeremos a las tres de la mañana. –Hizo una pausa, y miró a su alrededor–. Oye, danos un *tour* de esta magnífica y contradictoria mansión.

–Hombre, sí –dijo Gladys–. Aprovecha que no han llegado los otros.

Media hora después, todos los invitados se encontraban allí; el grupo se había reunido en la pequeña sala para tomar un aperitivo. Frances se había colocado cerca del librero, entre Marisa Zorzal y Jorge Mendoza, y mantenía aquel aire de reserva que él no recordaba de su última entrevista pero que había notado hacía unas semanas en Cerro Gordo y que ahora atribuía a una timidez que afloraba, primordialmente, cuando se encontraba entre mucha gente. El recato se manifestaba en una falta de soltura para iniciar o terciar en conversaciones. En cambio, cuando se le hablaba directamente, ella respondía con agrado y de inmediato se instauraba en la conversación una cordialidad que disipaba toda sospecha de engreimiento u hosquedad de parte suya. En la puerta de entrada, Pablo la había besado, como a todas las demás, en la mejilla y el perfume y la cercanía de su nariz y de su boca obraron sobre él una suerte de imantación que, al restarle por unos instantes presencia al lugar y al momento en que se hallaba, momentáneamente lo ofuscaron. Así que desde el principio, se sintió bajo el influjo de una oscura gravitación que lo forzaba, salvo cuando se vigilaba o deliberadamente se entretenía en otra cosa, a desplazar la mirada y la atención a donde ella estaba. Una y otra vez, en aquellas ocasiones en que cedía al impulso y se dejaba ir, la figura de Frances parecía quedar recortada y aislada de lo que estaba a su alrededor para transformarse en algo autónomo, en pura imagen que hacía girar en torbellino el entorno hasta convertirlo, como sucede, por ejemplo, con lo circundante en esos momentos de entrega total a la lectura, en materia ancilar, en mero fondo ciego.

–Yo no entiendo cómo han podido hacer algo semejante

–dijo Marisa Zorzal mientras buscaba el paquete de cigarrillos en la cartera. Su voz resonó con un timbre algo más recio de lo habitual y atrajo inmediatamente la atención de los otros.

–¿Qué han podido qué? –dijo Puco.

–¿Pero, ustedes no leen los periódicos? –Marisa encendió un cigarrillo–. La deportación de la mujer de Mirabal y el nene.

–Ah, eso –comentó Jorge Mendoza.

–Sí, eso –ripostó ella.

–Bueno, por lo poco que sé es grave –dijo Jeff, poniéndose de pie.

–La verdad –intervino Pablo– que es muy grave. Los están mandando a Cuba, nada menos.

– *The mouth of the wolf*. No creo que los vayan a recibir a daiquirí limpio.

Puco se dirigía a la cocina en busca de otro trago.

–Sabe Dios lo que le van hacer allí, con Batista y sus secuaces a cargo –dijo Marisa.

–¿Esa no es la mujer del comunista? –preguntó María Teresa Mendoza.

–La que viste y calza –suspiró Jorge.

Pablo se había sentado en el borde de una mesa entre María Teresa y Gladys.

–Se ensañaron con ella y con el hijo para perseguirlo a él, al marido –dijo alcanzando el paquete de cigarrillos de Marisa y encendiendo uno.

–¿Y son también comunistas? –aventuró tímidamente María Teresa.

–Claro –respondió Gladys–. Dicen que todas las mañanas el muchachito canta la Internacional con el vaso de Kresto en la mano.

El grupo guardó silencio por unos instantes y se pudo oír

el crujido de las sillas mientras algunos de los invitados alargaban la mano hacia los entremeses que se encontraban en la mesita del medio.

–Y lo grande del asunto –retomó la palabra Marisa, visiblemente molesta– es que para hacer el trabajito se han importado derechito de Washington la ley esa, la McCarren, que nada tiene que ver con nosotros.

– *In the mouth of the wolf.*

Puco regresaba de la cocina con el vaso lleno y, luego de proferir esas palabras, miró de soslayo a Marisa. Una vez más se oyó el crujir de una silla.

–¿Cómo que no tiene que ver con nosotros, si pertenecemos, si somos parte de una misma nación?

Jorge Mendoza había guardado silencio todo ese tiempo y cuando intervino lo hizo con decisión y en un tono enérgico.

–Pertenecemos, creo que es una buena palabra –dijo Pablo–. Se adapta bien a las circunstancias.

–El *mot juste* –comentó Puco.

–Nada tiene que ver con nosotros –afirmó Marisa. –Yo no sé a qué nación te refieres –dijo dirigiéndose a Jorge Mendoza–, pero la mía termina ahí en la playa. La ley ésa o como se llame, se pasó para perseguir a sus propios disidentes, allá.

–Es ley –dijo Jorge.

–Es una ley, Jorge, con la que tú ni yo hemos tenido que ver. Allá la pasaron ellos y la importaron y la impusieron –comentó Pablo.

–¿Qué es eso de ellos y nosotros y allá? –preguntó con una incredulidad irritada Jorge Mendoza. –Pertenecemos... Hay obligaciones. –Jorge comenzaba a levantar la voz y todos se dieron cuenta de que María Teresa le apretaba un codo.

–Pues es eso, ellos y nosotros –dijo Gladys.

–Es que él –dijo Puco, interrumpiendo y gesticulando

con el pulgar–, cree que pertenece al *cuerpo místico* del Congreso en Washington.

–¿Ustedes me quieren explicar qué es lo que pasa con esa señora Mirabal? Porque francamente estoy perdido.

Jeff se puso de pie luego de hacer la pregunta y avanzó hacia el centro del grupo. Había hablado en voz más bien baja, casi en un tono bonachón.

–No lee los periódicos –musitó Gladys.

–Pablo tiene razón –dijo Marisa–. Lo hicieron para fastidiar a Mirabal. Lo van a castigar bien castigado. –Luego, dirigiéndose a Jeff–: Se trata de una disposición legal decretando la extradición forzosa de extranjeros que intentan derrocar al gobierno americano por la fuerza. En este caso, se han aprovechado del hecho de que Dunia Mirabal es la mujer de un miembro activo del Partido Comunista de aquí y que es cubana. La deportan a ella y al hijo a la Cuba de Batista. Imagínate.

–Malo –musitó Jeff.

–Nuestra Emma Goldman –suspiró Puco–, y si pudieran, también lo deportaban a él. Pero no pueden. Como ven, la común ciudadanía tiene sus ventajas.

–Tiene muchas ventajas. –Jorge se había dirigido a Puco, como si retomara una antigua conversación.

–A lo mejor para ellos –intervino Pablo–, Mirabal es tan extranjero como su mujer.

Todos callaron un instante. La señora del moño había entrado a la sala con una bandeja de frituras recién hechas. El perfume de la yautía y la harina tostada aún rezumando aceite momentáneamente colmó la estancia y desplazó el olor a cigarrillo y alcohol que había predominado en el lugar. Pablo aprovechó la pausa para dirigir su mirada a Frances. Ella se había mantenido callada, durante el transcurso del intercambio entre Jorge, Puco, y Pablo, pero en aquellas ocasiones en que la había buscado con los ojos, él pudo notar que escuchaba con atención reconcentrada como si temiera que la pérdida de una sola palabra la hiciera extraviarse en los vaivenes del diálogo.

–Los gobiernos tienen derecho a defenderse de extranjeros sediciosos –afirmó Jorge arrastrando las eses.

–Bueno –dijo Jeff mientras se acodaba en un mueble junto a una pared–, la verdad es que no todos son extranjeros.

–Qué van a hacer –dijo Pablo–. Los que yo conozco son de aquí y reclaman la independencia.

–Eso es lo malo.

–Ay Dios mío; a mí me da un miedo –musitó María Teresa Mendoza.

–El hecho es que lo que reclaman lo reclaman con gran violencia.

Jorge había vuelto a alzar la voz e hizo ademán de levantarse.

–Como el salsipuedes que armaron los Nacionalistas hace tres años –dijo Jeff.

–Es cuestión de acabar con todos ellos, ¿no es así? *Finished*. Problema resuelto. –Puco se levantó con el vaso vacío y, al dirigirse a la cocina, recogió el vaso que Jorge había dejado sobre la mesita del centro–. ¿Te traigo otro? –Jorge asintió.

–No es porque no hayan tratado de liquidarlos. Mucha gente de aquí se ha prestado, gustosa. Alegría, alegría y placer –dijo Marisa.

–Son violentos y sanguinarios. Sobre todo esos que hablan menos y que disparan más. –Reiteró Jorge. Y ahora parecía dirigir su atención primordialmente a los Nacionalistas.

–Yo me siento muy al margen de la violencia y la vida de un solo hombre... –Al principio Pablo había alzado un poco la voz–. Pero tampoco puedo sancionar el que abiertamente los persigan para silenciarlos. Son también parte de nosotros, son voces nuestras.

–Sanguinarios. Hay que sacarlos de aquí. Sacarlos. Si no son extranjeros, son dignos de serlo –dijo Jorge siempre en voz recia.

–Eso no es así y tú lo sabes.

Había intervenido Marisa, visiblemente exaltada.

–Ave María –dijo Gladys poniéndose de pie–, siempre terminamos hablando de lo mismo.

–Son voces, como la tuya –continuó Marisa, gesticulando.

–Qué voces ni voces. Son gritos de gente trastornada – dijo Jorge haciendo caso omiso de Marisa y dirigiéndose a Pablo, quien ahora también gesticulaba.

–Son también y pese a todos, un recuerdo vivo –dijo Pablo.

–Recuerdos... –ripostó Jorge–. Mira lo que te pasó con esos amigos del Comité de la Paz, que si no es por Puco te las ibas a ver en las amarillas.

–Yo no estaba sino defendiendo unos derechos adquiridos.

Era Puco quien intervenía ahora y, al hacerlo, también se puso de pie y por primera vez esa noche su voz asumió un tono quebradizo.

–Y él, Jorge, tenía completo derecho a recoger firmas en busca de la paz si así lo creía necesario. Yo tenía que defenderlo.

–Allí, en una acera en plena Ponce de León en la misma quince... Y me da mucha pena decirlo, dándoles apoyo a los chinos en Corea, hombre –dijo Jorge.

–Me imagino que te pareció bien que se lo llevaran preso junto con los demás –dijo Gladys.

–A ti, Pablo, no –contestó Jorge en un tono que quería ser de algún modo conciliatorio–, pero los otros... francamente, un grupito.

–El grupito parece que se las traía. ¿Es eso, ah? –Marisa se mostraba cada vez más agitada–. Que se los lleven. Asunto resuelto. Muerto el pollo se acabó el moquillo.

María Teresa, quien había estado siguiendo el diálogo con una expresión de visible zozobra, se animó a intervenir.

–¿Por qué no hablamos de otra cosa?

Hubo un silencio y Marisa hizo un ademán de levantarse.

–Yo te traigo otro –dijo Pablo, tomando el vaso de la mesita de enfrente y dirigiéndose a la cocina.

–Tráeme también uno a mí –dijo Jeff.

–Ave María –comentó María Teresa–, qué calor.

Frances, quien había pasado a colocarse cerca de Gladys, se inclinó hacia ella y preguntó en voz muy baja.

–¿Pablo estuvo en la cárcel?

–Sólo por unos días. Puco logró sacarlo.

–¿Y cómo fue eso?

–Fue para el tiempo de la guerra de Corea. Coincidió con otras cosas. La Revuelta Nacionalista, entre ellas. Se formaron aquí, como en otras partes, grupos que se oponían a todo intento de guerra y la gente en el poder los acusaba de sediciosos. Algunas veces repartían hojas sueltas por la calle. Ahí fue que cogieron a Pablo. Estuvo poco tiempo preso. Puco lo sacó en seguida.

–¿Y los otros?

–Algunos no, no todos lo pasaron tan bien.

Puco se había levantado de su asiento y, con la mano, hizo un ademán de saludo a Gladys como si inesperadamente se hubiera topado con ella allí. Camino del comedor, pasó cerca de Jorge y le susurró.

–Francamente eres el carajo.

–Los carajos son legión –ripostó el otro–. Te pasas defendiendo los derechos de los otros y no los míos.

–No así. Los de todos –dijo Puco en voz baja–. Los de todos. –Luego gritó–: Hora de comer.

Pablo le entregó a Marisa el trago y le sonrió. Ambos trataban de reponerse y él pudo notar el esfuerzo que hacía ella por modificar el gesto de enojo.

–Ya mismo pasamos al comedor –dijo Pablo–. Ya mismo.

Durante la comida los temas de la conversación anterior momentáneamente se olvidaron y dieron paso a otros que suscitaban menos encono de parte de los interlocutores y los ánimos se fueron tornando apacibles poco a poco. Jorge intentó más de una vez, y al fin pudo lograrlo, interesar a Marisa en una disquisición en torno a la psicología y el derecho mientras que Gladys comentaba con Frances y María Teresa Mendoza la escasez de buenas escuelas en el país y, en un extremo de la mesa, Puco, Jeff y Pablo hablaron sobre las dificultades inherentes a la conservación de una casa en la zona marítima. Al finalizar la cena, Pablo ofreció brandy o ron en vasos pequeños. Luego, casi todos los invitados se desplazaron a la terraza que daba al mar.

Frances, en vez de dirigirse hacia afuera, se encaminó a la sala y, luego de dar un vistazo a los estantes de libros, se acomodó en un taburete muy bajo, casi a ras del suelo, y se entregó al examen de los discos agrupados en una esquina junto a la pared. Pablo no la había visto en la terraza y, suponiendo que había entrado en la casa, decidió buscarla allí. No había nadie más en la sala y Pablo se sentó junto a ella.

–No hemos podido hablar esta noche –dijo él.

Ella no respondió. Sostenía en sus manos el quinteto para clarinete e instrumentos de cuerdas de Brahms y parecía ligeramente distraída. Luego de unos instantes, aventuró:

–Se ha hablado de tantas cosas más importantes.

–No todas, y hablarte no lo es menos.

–¿Qué tengo yo que decirte?

–Decirme... Oír tu voz nada más. Yo creía que iba a poder verte sola.

–Ya ves que no ha sido posible.

Pablo se inclinó como si fuera a leer la carátula del disco e inspiró el perfume de su cuello y de sus senos.

–Has escogido algo que me toca muy de cerca –dijo Pablo posando su mano sobre aquella de Frances que sostenía el disco. Ella no la retiró en seguida pero pasados unos instantes la sustrajo y se levantó.

–¿Por qué no lo ponemos? –preguntó ella.

Pablo se puso de pie también, tomó el disco y lo insertó en el plato. Se sentía ligeramente agitado. Muy pronto, los violines primero, luego los otros instrumentos de cuerdas, introdujeron el tema del primer movimiento que el clarinete retomó y, lento, con una despaciosa melancolía, comenzó a dibujar, escalando el aire, circunscribiendo y aislando el espacio inmediato para convertirlo en un orbe de luz, con latidos propios, al margen de la respiración de los otros, de la casa, del lejano ruido de la ciudad. Momentáneamente se entregó a la disposición de aquellos sonidos y de aquel tiempo que misteriosamente crecía en volutas y se contenía a sí mismo. Ella se había sentado en un extremo de la habitación desde donde no podía ser vista sino por él. Ahora se encontraba con la cabeza baja y los ojos cerrados y Pablo notó que unas hebras del pelo que llevaba recogido en la parte superior de la nuca se habían desprendido y rozaban, con el vaivén del aire que entraba por las ventanas y fluía a las partes más distantes de la casa, la parte superior del oído. El cerró las puertas que daban al pasillo y se acercó a donde ella se encontraba. La besó detrás de la oreja y sus labios deshicieron el peinado que cayó en grandes mechones sobre el hombro derecho. Su boca recorrió el cuello mientras las manos bajaban de los hombros a los brazos y de los brazos a los pechos. Ella, luego de un intento de resistencia, se entregó a su tacto y a sus labios que la recorrían sin prisa ni pausa como buscando en algún lugar recóndito y secreto una revelación. Las bocas se unieron y él pudo sentir en la suya el cálido contacto de su lengua.

El primer movimiento había terminado y en el peinado perfectamente arreglado sólo seguían rozando la parte superior del oído izquierdo aquellas hebras sueltas que se movían con la brisa.

–Creo que debemos salir a la terraza –dijo ella levantándose a quitar el disco. Luego lo miró como distraída–. Llevas demasiado tiempo ahí, de pie. Debes de estar muerto de cansado.

–Vamos –dijo él tomándola del brazo.

Y al llegar cerca de la puerta abierta que daba a la entrada de la sala, súbitamente la trajo hacia un costado y la besó en la nuca. Ella lo apretó levemente contra su cuerpo y susurró:

–Salgamos fuera. Te prometo volver sola.

–Una promesa –dijo él–. Esta vez, es una promesa.

Frances asintió. Atravesaron el comedor hasta llegar a la terraza.

–Te estábamos buscando, –dijo Jorge Mendoza dirigiéndose a Pablo–. Ya es hora de irnos.

Tenía a María Teresa a su lado. Se notaba alegre.

–La cena estaba riquísima –añadió ella con una sonrisa en la que se transparentaba algo de temor.

–Ya conocen el camino.

–Hasta pronto.

Casi de inmediato, los demás comenzaron a despedirse. Luego de María Teresa y Jorge se fueron Frances y Jeff y, poco después, Gladys se acercó a su marido y le susurró algo al oído. Este asintió y ambos se acercaron a Pablo. Mientras le estrechaba la mano en señal de despedida, Puco musitó con la lengua muy pesada:

–El Jorgito se las trae.

–Nada nuevo –replicó Pablo.

–Así es, así es.

Al final sólo quedó Marisa.

–Ven, vamos a dar un paseo por la playa.

Pablo la había tomado del brazo.

–¿A estas horas?

–No hay otras.

–¿Qué te traes? Tienes un brillito en los ojos que no recuerdo de antes.

Pablo saltó de la terraza a la playa.

–Quiero construir una casa en la arena.

–¿Pero no la tienes ya? –dijo Marisa todavía desde lo alto, señalando hacia atrás.

–No, quiero decir acá abajo, pequeña y junto al agua –dijo él riendo y alargando el brazo paralelo a la playa e instándola a saltar desde donde se encontraba en la terraza.

–Entonces vas a tener que bregar con la marea.

–Quién sabe, a lo mejor eso no es problema.

Capítulo VII

–¿Cómo dice?

Desde el otro extremo de la línea telefónica una voz de mujer había formulado la pregunta y en su tono se adivinaba algo de incredulidad y hasta de suspicacia. Luego calló en espera de una respuesta.

A Juan González no le había resultado difícil encontrar la dirección y el teléfono de Amelia Sánchez en Mayagüez. Le bastó con llamar al periódico donde aparecía su columna. Mucho más complicado sería, sin duda, explicar a alguien a quien sólo había visto de lejos y en un par de ocasiones y con quien nunca había sostenido una conversación la razón que lo obligaba a entrevistarse con ella.

–Quisiera hablar sobre un amigo mutuo –repitió Juan sin poder evitar que la voz traicionara algún titubeo.

–¿Ah, sí?

–Se trata del profesor Chaves, de don Gerónimo Miguel Chaves.

Amelia Sánchez no respondió de inmediato.

–Soy un ex-alumno de don Miguel...

–¿A ver?

–Mire, yo siento muchísimo el tener que hablarle de este modo, pero por ahora no tengo otro, y créame que necesito verla.

Una vez más ella guardó silencio. Luego de unos instantes, dijo:

–No acabo de entender lo que usted quiere.

–Déme una media hora, nada más.

–¿Usted está en Mayagüez?

–No, en San Juan.

–Yo en realidad estoy muy ocupada y...

–Media hora.

–Bueno... Déjeme ver.

A Juan le pareció que Amelia Sánchez consultaba una agenda porque creyó escuchar en el teléfono el roce apresurado de papeles. Hubo un instante en que el sonido neutro de la comunicación se hizo espeso y opaco, como si alguien momentáneamente hubiera tapado con una mano el micrófono del auricular. Poco después, Juan notó que el sonido se aclaraba. Amelia Sánchez volvió a hablar.

–¿Cuándo viene usted a Mayagüez?

–Cuando usted diga.

–Mañana a las dos de la tarde, entonces. En el Colegio. Nos encontramos frente al Edificio Chardón. Yo francamente no recuerdo haberlo visto antes. ¿Usted me reconocería?

–Sí, claro. Mañana estaré allí. Gracias.

A eso del mediodía, unas nubes negras que poco antes habían aparecido en el sur cubrieron la ciudad y la envolvieron en una atmósfera caliente y pegajosa. La pesadez del aire, la luz amarilla que resbalaba por la superficie de casas y edificios, el calor que arrebataba el aliento, todo parecía anunciar la proximidad de la lluvia. Al bajarse del automóvil en Mayagüez, Juan se sintió ligeramente aturdido por aquel ambiente que lo oprimía todo. Había logrado estacionarse en una de las calles que daban a la plaza principal y comprobó que tenía tiempo para comer algo antes de la cita prevista con Amelia Sánchez para las dos. A unos pasos del automóvil, encontró una cafetería con aire acondicionado. Entró y se acomodó en el mostrador. Mientras le preparaban el sandwich que había ordenado pensó en Isabel. Sintió un leve escozor en el vientre. Harían escasamente veinticuatro horas que se había embarcado para Portland vía Chicago. Durante el corto período que precedió al viaje la comunicación entre ellos fue escasa. Isabel se levantaba temprano en la mañana, se iba a la sede de Santurce y regresaba ya entrada la noche. Una tarde, la última, regresó temprano. Casi en silencio recogió, ordenó y dispuso la maleta. No dejaba nada de lo suyo. Se movía por aquel espacio reducido con un aire aplomado y a la vez distante, como si ya se encontrara en otra parte. Sin embargo, no se notaba en su trato muestras de hostilidad alguna. Juan, quien había pasado la mañana haciendo llamadas por teléfono al diario donde publicaba Amelia Sánchez y a ratos la observaba desde una butaca de mimbre en la que se había acomodado con un periódico, de momento sintió que no la podía dejar ir sin más. Se acercó, la abrazó por la espalda y le dijo al oído que la quería. Por unos instantes, ella dejó ir su cuerpo y lo apoyó en el suyo. Pero al estrechar él el abrazo, Isabel opuso resistencia y apartó las manos que comenzaban a recorrer su cintura. Se dio media vuelta y lo miró con determinación. Ya nada se puede hacer, dijo, me llaman y tengo que cumplir. Luego, dejó que su vista vagara hacia el balcón y, más allá, hacia el edificio de en frente, y musitó que la perdonara. Al día siguiente, en el aeropuerto, luego de haberla visto perderse en la maraña de gente que lentamente avanzaba hacia los puestos de seguridad donde se revisaba el equipaje de mano, cuando giró en redondo para dirigirse al parking en busca de su automóvil, se le presentó de pronto una única imagen de Isabel. Desnuda en la penumbra de una tarde reciente, la última en que habían hecho el amor, sentada en el borde de la cama, la mejilla en el hombro, los pies en el aire casi al alcance del piso y luego, dejándose caer muy lentamente de lado en las sábanas, un brazo y la mano colgando en la frescura de la tarde muy cerca del suelo, la mano frágil ligeramente ahuecada, en reposo, eso era lo último que recordaba de ella, la mano casi a la altura de las losetas sin tocarlas.

Le trajeron el sandwich. Comió sólo la mitad y pagó a la cajera que vigilaba la entrada de la cafetería. Al salir, notó que unas gruesas gotas de lluvia comenzaban a salpicar las aceras y el concreto candente de la calle y que un vaho tibio y pegajoso se levantaba en torno a automóviles y transeúntes. En seguida reventó el aguacero. La lluvia cayó con tal violencia que apenas le dio tiempo de refugiarse en un zaguán cercano. Poco tiempo después, cesó el agua de modo igualmente inesperado y Juan pudo llegar a su automóvil con la cabeza húmeda pero con la ropa seca.

Frente al Edificio Chardón, en un banquito a la derecha, cuatro estudiantes conversaban distraídamente. Mientras esperaba, pensó en Amelia Sánchez. Aquel encuentro le provocaba a la vez curiosidad y una especie de aprensión. Había leído con frecuencia sus artículos de periódico y encontraba allí un comedimiento y una cautela extrema que se traducían una y otra vez en lo que, más que juicios valorativos, eran extensas preguntas o dudas compartidas. Sin embargo, un amigo de Juan que había estudiado con ella en Mayagüez se la había descrito como alguien dado a súbitos accesos de cólera y, aún recordaba con precisión sus palabras, a arbitrariedades sin nombre. Una vez te pone la proa, le había comentado, mejor olvídate del resto y múdate a la Mona. ¿Y cómo sería aquella mujer con quien Miguel el viejo estuvo estrechamente vinculado años antes de casarse y, decían, que también después? ¿Qué habría en ella que diera paso a un influjo tan marcado y tan extenso sobre otra persona? ¿O era a la inversa, lo que ocurría era que ella no acaba de liberarse de él?

A la entrada del edificio apareció una mujer de mediana estatura, más bien delgada, pelo gris, que vestía un traje *sport* de corte impecable y muy bien entallado. Los ojos negros y almendrados junto a un maquillaje cuidadosamente aplicado, poca pintura en las mejillas, los labios casi color de rosa, le daban un aire algo fuera de lo común. Llevaba bajo el brazo un sobre manila tamaño legal y, al salir a la luz, se detuvo a examinar los alrededores. En esos momentos, la pequeña plazoleta estaba desierta y sólo él, con la camisa azul arremangada y las manos en los bolsillos de un pantalón caqui muy estrujado, permanecía de pie en el espacio abierto. Ella lo miró y frunció las cejas. Luego, de pronto dio media vuelta a la cabeza como si buscara, en el otro extremo de aquel espacio, otra persona. Juan, quien ni por un momento dudó que fuera ella, se acercó con prisa.

–La Profesora Sánchez, verdad.

–Dígame.

Amelia Sánchez se había vuelto hacía él y lo miraba con curiosidad y también con algo de desconfianza.

–¿Usted es la Profesora Sánchez?

–Así es.

–Yo hablé con usted por teléfono...

–Sí, claro.

Ella tomó el sobre manila que llevaba bajo el brazo y lo sujetó con ambas manos junto a su cartera a la altura del pecho.

–Mira –dijo ella observándolo detenidamente–, no me parece que aquí podamos hablar con comodidad. Allá –y señaló el edificio que se encontraba al otro lado de la calle en un terreno más elevado–, frente al edificio de biología, hay donde sentarse. Por lo menos no tendremos que estar de pie y hace sombra.

Subieron en silencio la colina hasta llegar a una especie de plazoleta al otro lado del edificio que tenían enfrente. Una vez instalados en un banco de piedra, ella abrió la cartera y sacó una cajetilla de cigarrillos y un encendedor. Colocó un cigarrillo entre los labios y, ya a punto de encenderlo, lo miró y con un gesto inesperado extendió el paquete hacía él. De momento, Juan no reaccionó y sólo después de unos instantes, y, sin saber precisamente por qué, aceptó lo que se le ofrecía. Hacía años que fumaba esporádicamente pero de unos meses acá lo había dejado. Amelia encendió el suyo, le ofreció lumbre y, luego de guardar el encendedor en la cartera, dijo:

–No dispongo de mucho tiempo. Tengo una reunión de departamento dentro de una hora.

–Yo estudié con don Miguel en la Universidad. Fueron varios años –exhaló un poco de humo por la nariz. Sentía en la boca un desagradable sabor a una sustancia vegetal y amarga, a heno, a yerba seca. Con un gesto brusco, lanzó lejos el cigarrillo que acaba de encender–. Después lo ayudaba. Buscaba libros en la biblioteca, ese tipo de cosas. Me hice amigo de la casa.

–Dime, ¿a ti te ha mandado alguien aquí?

–En realidad, no.

–¿En realidad?

–Lo que pasa, Profesora, es que no sabemos dónde está don Miguel.

–¿Que cómo?

Ella había girado ligeramente en dirección del joven y lo miraba con un poco de asombro.

–Que ha desaparecido. Y no hay rastros.

–Bueno, y... ¿entonces tú crees que yo sé dónde está?

Juan González se inclinó hacia adelante, apoyó los antebrazos en las rodillas y bajó la cabeza. Sintió que le costaba mucho seguir hablando. Lo asaltó una duda. Cuán propia era, en realidad, aquella empresa a la que sin más se había entregado. Quién le daba derecho a hurgar en la intimidad de otros a quienes apenas conocía.

–A lo mejor, usted ha hablado con él últimamente –y se apresuró a añadir– o alguien le ha hablado a usted de él.

Amelia dejó caer el cigarrillo en la grama y lo apagó con

el pie derecho. Colocó un brazo sobre el espaldar del banco, momentáneamente dispuso su cuerpo en una dirección contraria, y reclinó la cabeza un poco hacia atrás como si la apoyara contra algo. De perfil, el ojo almendrado que estaba al alcance de su visión pareció alargarse un poco más, quizá por el maquillaje, pensó, y, junto al cutis todavía muy terso y el pelo grisáceo cuidadosamente recogido y arreglado, el rostro se revistió, por un brevísimo espacio de tiempo, de un aire lejano y vagamente irreal. Ella no hablaba. Luego del chaparrón, el sol de la tarde que se adivinaba fuerte a través de los árboles, había secado la tierra y sólo allí, por el exceso de vegetación, se sentía aún humedad entre la profusión de hojas secas que el viento revolvía a ratos y que daban al paraje una contextura falsamente otoñal. Ella por fin dijo:

–Hace ya muchos años que no nos hablamos. Y cuando alguien me trae noticias, y siempre hay quien se presta para esas cosas, trato de no mostrar interés. Creo que así es mejor.

Se volvió hacia él y sonrió por primera vez. El nerviosismo que Juan había advertido en ella al principio había empezado a ceder y ahora él creía ver en Amelia una especie de equilibrio con visos de melancolía o de algo parecido a la resignación.

–Me imagino que te habrán contado la historia. Por eso estas aquí. De otro modo este encuentro no tendría sentido.

–Me hablaron de su amistad con él –Juan mintió y al instante se dio cuenta de que no le era posible hallar justificación alguna para ello. En efecto, ahora sospechaba que aquella visita a Mayagüez no cumplía ningún propósito útil. Se había dejado llevar por las absurdas alegaciones de Miguel Ángel y la urgencia de hacer algo.

–He dicho la historia, pero me imagino que en realidad te han contado una historia. Y ésa, a estas alturas, yo no la voy a alterar. Tampoco la voy a corregir.

Hablaba en voz muy baja, casi en un susurro.

–Lo que pasó entre nosotros es historia antigua y no puede interesar sino a los que les tocó vivirla. A nadie más. El resto es puro chisme. La gente no cesa de inventar.

–Entonces, no sabe...

–Ya te lo dije. No estoy en contacto con él; no lo he estado por mucho tiempo.

Al concluir, Amelia Sánchez levantó ligeramente la barbilla y ladeó un poco la cara en un gesto que luego se repetiría durante el transcurso de la noche. Todo trazo de aspereza había desaparecido y el ambiente ahora se adivinaba libre de tensiones. Juan la pudo observar con detenimiento y encontró que aún era muy bella.

–Ahora dime tú ya sin darle más vueltas al asunto, qué es lo que ha pasado –dijo ella dejando caer las manos sobre la falda.

Juan narró lo esencial de lo ocurrido pero omitió detalles que supuso podrían comprometer la seguridad de don Miguel Chaves. Relató las ausencias cada vez más prolongadas de la casa que se justificaban como reclamos del trabajo, su súbita desaparición, pero retuvo todo lo tocante a la nota que había recibido Nora. Se imponía prudencia. Las medias verdades, pensó para tranquilizarse, estaban ahora justificadas.

–Ya veo –dijo Amelia mirando un poco hacia un costado–. Es probable que la gente haya manufacturado un final feliz, o por lo menos dramático, a una historia de hecho inverosímil y simple. Nos hemos estado viendo todos estos años y al fin él decidió venirse a Mayagüez conmigo.

Juan la miró atentamente y guardó silencio.

–Tú sabes –continúo ella–, de novios a Miguel de momento se le metió en la cabeza la idea de que nos fugáramos a Francia. Seis meses, recuerdo, vivió como obsesionado con esa idea. Imagínate, recién terminada la guerra, sin un centavo, sin posibilidades de trabajo allá. Y esa era la época, además, en que leía mucho, pero en ese momento desarrolló una afición especial, sobre todo, por la literatura francesa. La comentaba sin cesar. Cansaba a los amigos y algunos veían ese entusiasmo excesivo con bastante recelo. A mí no me molestaba. Es más compartía el entusiasmo con él.

Por primera vez, Amelia Sánchez sonrió abiertamente y a Juan le pareció notar en su mirada un centelleo momentáneo.

–¿Ese entusiasmo era por el viaje a Francia? –preguntó él.

–Bueno, el viaje, sí, pero también por lo que leíamos.

Se detuvo, sacó otro cigarrillo de la cartera y lo encendió.

–Qué días aquellos –prosiguió–. Fabulosos. Yo estaba a punto de terminar mis estudios. Él había regresado de la Universidad de Columbia luego de haber cumplido con todos los requisitos del doctorado excepto la tesis. Le habían dado unas secciones de literatura en la Universidad aquí y había alquilado un apartamiento, que en realidad no era mucho más que un cuarto grande, en una de esas casitas de patio cerca de Isla Verde. Desde allí, lo recuerdo, a través de las ventanas miami de madera, oíamos el mar y de noche parecía que las olas rompían muy cerca, un poco más allá de las ventanas. Sentados en el piso, tarde en la tarde, bebíamos un poco de whiskey y comentábamos lo leído durante ese día o el anterior. Y como que nos entregábamos a eso desordenadamente. Porque devorábamos libros muy disímiles, lo último que nos llegaba de Hispanoamérica, de Estados Unidos, novelas como las de Chandler y Ambler, que a él le gustaban mucho más que a mí, y como ya te dije lo de Europa, lo francés en particular. Había momentos en que todo parecía revolverse, no sólo que los libros amenazaban con meterse unos dentro de otros, sino que el día y la hora quedaban como anulados por aquellas presencias y eso terminó por darnos un poco de miedo. Por lo menos a mí. Pero él estaba lleno de planes. Quería escribir de todo, cuentos, teatro, qué sé yo. Insistía en el viaje.

Aspiró profundamente del cigarrillo y con un gesto delicado, casi imperceptible, sacudió un poco de ceniza sobre la grama.

–Creo que después nunca hizo nada de eso. Viajó, sí, justamente después de la guerra. Pero lo otro...

–Usted se pasa hablando de la guerra. Supongo que se trata de la Segunda Guerra Mundial y no la de Corea.

–Naturalmente –dijo ella como si aquella aclaración estuviera de más–. Eres muy joven.

–Entonces se fue a Europa –comentó Juan un poco cortado.

–A Francia. Después creo que a España. Pero imagínate, la guerra acababa de terminar. Aquello debió de haber sido una debacle. El insistía en que yo lo acompañara. No sé si acabó por entender que era imposible. A veces se entregaba a las cosas con un furor... No a todas, pero a algunas... En verdad sobrecogía. –Hizo una brevísima pausa–. Me acababan de ofrecer un puestecito en la Universidad. Te podrás imaginar la alegría en esa época en que todo era tan difícil. Y por otro lado, la idea de irme con él un poco así, a lo loco, me trastornaba. Pero no podía dejar pasar la oportunidad del trabajo. De paso, a él también le hubieran ofrecido algo permanente si lo hubiera solicitado, pero no quiso.

Ella calló y, por el gesto y la mirada, Juan supuso que pensaba que él no entendía, que no había comunicación eficaz entre ellos, o, si la había era defectuosa. Amelia Sánchez aspiró del cigarrillo por última vez, lo dejó caer y lo apagó, como antes, con la punta del zapato derecho.

–Creo que nunca me perdonó eso, el que yo no fuera.

–¿Y dijo qué pensaba hacer allá? El había terminado sus estudios.

–En realidad, no había nada claro. El tenía aún que ponerle punto final a la tesis y quizá podría terminar la investigación allá. También quería escribir. Pero, francamente –dejó las palabras en suspenso y desvió los ojos hacía el frente–, él tenía ese problema que, tantas veces, pienso que nos toca aquí a todos. Le costaba terminar cosas... cuando las terminaba.

–Entonces, por allá no pasó nada.

Amelia no replicó de inmediato. El creyó notar en su mirada una vez más aquel centelleo momentáneo que había observado minutos antes en el transcurso de la conversación. Luego ladeó un poco la cabeza y la inclinó hacia el frente. Sus dedos repasaban una y otra vez la superficie del sobre manila como si con ello fuera posible hacer desaparecer los numerosos pliegues que marcaban el grueso papel de un extremo al otro.

–Nadie, que yo sepa, sabe en realidad lo que pasó allá. A los pocos meses de haber llegado a Europa dejó de escribirme. Creo que no fue sólo a mí sino a todo el mundo. Al principio, cuando nos encontrábamos entre amigos, alguien siempre preguntaba si había quien supiera algo de él. Después, casi todos se fueron olvidando. Casi al año de haberse ido, un primo mío que pasó por París logró verlo por muy poco tiempo. Lo encontró fatal. Físicamente había cambiado. Notó, me dijo mi primo, que le costaba mantener una conversación y parecía haber perdido el interés por todo. Aquí se dijo que se había enfermado y que se trataba más bien de una crisis nerviosa que de otra cosa. Pero esas eran especulaciones. Después fue a España y al año y medio de haber salido regresó.

Ella hizo un alto y lo miró. Juan pudo notar en el rostro una expresión de ecuanimidad y también algo de dureza.

–Nos vimos dos o tres veces, pero ya no era lo mismo –continuó ella–. Yo había conocido al que luego fue mi marido y Miguel seguía con aquellos vaivenes. Había como un ardor que no era nuevo en él pero que ahora estaba enfocado y dirigido de otro modo. Quería dejar constancia, decía, no quería que nada se perdiera. Hablaba como si quisiera aprender un idioma nuevo o como si ya hubiera empezado a aprenderlo pero sin saber bien para qué servía. Me exasperaba. Cuando le preguntaba si había escrito, si había hecho algo durante la estadía allá, me contestaba con evasivas. Yo francamente creo que no hizo nada. –Volvió a hacer un alto–. Como siempre –añadió a modo de conclusión. Luego, en voz más baja–: Al poco tiempo vino la guerra de Corea y las protestas y los comités y los arrestos, pero ésa es otra historia.

Amelia miró el reloj de pulsera y comentó que se le había pasado la hora de la reunión. Recogió la cartera y el sobre amarillo con ademán de levantarse. Juan, quien con las piernas cruzadas y el antebrazo derecho apoyado sobre el respaldo del banco, había estado escuchándola casi sin moverse, se puso súbitamente de pie.

–Yo tengo que oír lo que queda de esa historia –dijo con decisión–. Usted me entiende.

Ella se había levantado y estuvo unos minutos observándolo. Luego sonrió.

–Yo no sé por qué hago esto, pero está bien. Ahora mismo tengo que volver al departamento.

–La invito a comer esta noche –dijo él.

–Bueno. Pásame a buscar más adelante, pero temprano, a eso de las seis y media, en el mismo sitio que nos encontramos.

Luego, sin despedirse, caminó en dirección del edificio de biología.

Una vez anotada la orden de la comida, el mozo se retiró. Habían pedido algo ligero, a base de pescado, y ambos sorbían con lentitud la bebida que les sirvieron en unos vasos chatos rebosantes de hielo. Del cuarto contiguo, donde se encontraba el bar, les llegaban ráfagas de boleros que alguna vellonera de las que ya casi no se ven hacía girar sin tregua. Aunque era evidente que Amelia se había maquillado hacía poco, sus ojos y la configuración de la boca, que por momentos apretaba como si sintiera súbitos arranques de impaciencia, le daban un aire de cansancio. Juan había pasado las últimas horas de la tarde dando una larga caminata por el pueblo y tratando de integrar la imagen que por tantos años tuvo de Miguel Chaves a la que ahora le brindaba Amelia Sánchez. Aquel Miguel joven, errático, indeciso, incumplidor por más, no compaginaba con el hombre aplomado y aparentemente sereno que había conocido. Y aquel período nebuloso en Europa no dejaba de intrigarlo.

–Entonces usted no lo vio mucho luego de su regreso de España.

Ella había encendido un cigarrillo y exhaló hacia arriba.

–Sí y no. Nos vimos, aunque no con la intensidad de antes. –Como si el cansancio se hubiera ido apoderando de ella, lentamente apoyó la mejilla en la mano en la que sostenía el cigarrillo–. En realidad, como te dije, la situación no era la misma. Nos vimos, sí, pero la comunicación entre nosotros... no era igual. En él había más entusiasmo y a la vez más, cómo diría, reserva. Parecía que estaba a punto de centrarse en algo pero no lo lograba. Ya te dije que cuando le hacía ciertas preguntas me contestaba con evasivas. En realidad, nada era igual que antes.

–Así que el cambio fue de veras grande.

–Mira, no. Tan cambiado no estaba. Sí te puedo decir que se veía más abierto, más atento a lo que pasaba a su alrededor. Pero eso del cambio, me contaron, fue después.

–¿Después?

–Después de que regresó de Corea.

–Yo había oído decir que estuvo en esa guerra, pero que no quería ir a servir o algo así.

–De un modo muy general, él se opuso a esa guerra. Yo también en principio me oponía –dijo apretando los labios–. Ya él había regresado de Europa y no nos veíamos tanto. –Se interrumpió por unos instantes–. No éramos pocos y sí éramos de muchas y distintas persuasiones. Nos querían acusar a todos de comunistas y había entre los compañeros algunos que pertenecían al partido pero no todos comulgábamos en el mismo altar. La mayoría queríamos la independencia para el país, otros querían otras cosas, todos los que nos oponíamos a aquello que no considerábamos nuestro lo que queríamos era la paz. Por eso vimos con simpatía el Comité por la Paz y ayudamos un poco.

–¿Los dos?

–En realidad, yo estaba algo más metida en el asunto que él. Pero fue a él a quien por poco lo llevan arrestado un día en que estaban repartiendo hojas sueltas del comité en la Ponce de León, en la dieciocho. Y había hasta una mesita con sillas y todo en la acera. Miguel había repartido temprano por la mañana y a esa hora se encontraba hablando con unos amigos más abajo, en la esquina, cuando llegaron las autoridades. Se bajaron de los carros gritando, me contaron, y arrestaron a los que estaban en la mesita y los que estaban con papeles en la mano. Miguel y los otros tuvieron que hacer gestiones para buscar las fianzas y eso era muy difícil porque te podrás imaginar que mucha gente no se atrevía. Pero Miguel pudo conseguir por lo menos para un par de ellos.

El mozo llegó con una gran bandeja, la apoyó sobre una esquina de la mesa y dispuso frente a ellos lo que habían ordenado.

–Así que a don Miguel no lo arrestaron.

–Estaba bastante alejado, como te dije, cuando llegaron ellos y se hicieron los arrestos. Además, él nunca se había inscrito como tal en el comité si no que ayudaba y asistía a las reuniones. Pero el hecho es que Miguel quedó muy sobresaltado con todo aquello y fue a ver a Raúl Núñez, el abogado amigo suyo que había sido compañero en la Universidad y que como él se las daba de literato. Raúl siempre ha sido ayudador, a pesar de todo, y fue uno de los que se comprometió a buscar el dinero de la fianza.

–¿Salieron bien?

–Raúl siempre se ha movido mucho –bebió un sorbo largo–. Demasiado para mi gusto. Primero fue independentista, después popular, después republicano y anexionista por muchos años y ahora quién sabe. Pero a pesar de ser bastante inflexible, siempre estimó mucho a Miguel, aunque a veces decía que *he didn't have all his marbles*, ésa era la frase que usaba. Se reía, se reía con cariño y decía que de él se podría esperar cualquier cosa. Ayudó. Otros abogados jóvenes y conocidos también hicieron lo mismo porque todos tuvimos que movernos para buscar ese dinero y menos mal que la gestión se logró. Aunque fuera a medias. Pero poco después llamaron a Miguel al ejército junto a muchísimos otros jóvenes y se lo llevaron a Corea. A Raúl Núñez, Peyo Miranda, Pepín Mercado y hasta Memo Herrero, que, a pesar de pertenecer al mismo grupo en la Universidad, era bastante mayor que los otros. Se decía, sin embargo, que a Miguel se lo llevaron para castigarlo. Pero a mí –dijo con un poco de impaciencia–, me está que son habladurías de la gente. Porque no había constancia de que él trabajaba para el Comité.

–Es verdad que lo de Corea no era Vietnam, pero dicen que de todos modos fue bien duro– dijo Juan.

–Bueno, a los puertorriqueños los ponían juntos. Eso tenía desventajas porque dicen que los mandaban con frecuencia al frente, pero alguna ventaja debía tener. –Con el tenedor hizo un ademán de explorar el plato que comenzaba a enfriarse–. El hecho es que me contaron que de Corea Miguel volvió muy distinto.

–Distinto, ¿cómo?

–No sabría decirte porque después que regresó, lo que se llama verse, ya no nos vimos más. –Hizo una pausa–. Temo que si no empezamos a comer pronto se van a llevar los platos.

Juan escurrió el vaso donde ya no quedaban sino unos rastros de hielo y empezó a comer. Amelia Sánchez levantó la cabeza y dijo:

–Se me ocurre que quizá pudieras pasar a ver a Memo Herrero. Creo que vive relativamente cerca, en Isabela, y sé por un hijo que vive en Añasco y que me encontré hace un par de años que su teléfono está en la guía. Como te dije, era mayor que todos nosotros pero empezamos juntos en la Universidad y al terminar el tercer año, cuando ya faltaba poco, le dio con que la Universidad no servía sino para sujetar el pensamiento y lo abandonó todo. A la larga terminó trabajando en Isabela. Es muy inteligente pero desbaratado y un poquito –hizo un alto y sonrió– desbaratado y, bueno, tiene unos cuantos tornillos flojos. No me explico cómo sobrevivió la guerra de Corea. Su nombre es en realidad Alfredo Herrero. No sé qué más puedo decirte.

–¿Y usted piensa que él puede ayudarme?

De inmediato ella no contestó. Se limitó a mirarlo con un nerviosismo no exento de suspicacia.

–No puedo decirte de fijo. Adivino, como creo que estamos adivinando todos. Durante mucho tiempo anduvieron siempre juntos, Memo, Raúl y Miguel. A pesar de que Memo resintió cada vez más el apego de Miguel por la Universidad. Déjame saber si averiguas algo más.

Luego comieron en silencio. Era evidente que en el transcurso de la noche el cansancio la había ido desgastando poco a poco y, por primera vez, Juan pudo notar en la frente y en los alrededores de los ojos la piel seca, repujada y plegada en pequeñas arrugas. Al retomar el diálogo, ella optó por orientar la conversación hacía asuntos de su trabajo en Mayagüez. En un momento dado aludió a su única hija. Trabajaba en publicidad, sobre todo, en lo relacionado con la televisión.

–Conoce al hijo de Miguel –dijo ella–. Parece que es todo un personaje y les da problemas. Está empeñado en brillar en la televisión. Creo que aspira a ser un presentador de programas o algo parecido. Se pasa persiguiéndola para que lo conecte.

No quiso hacer comentarios adicionales. Al poco rato,

luego de despedirse y de verla caminar calle abajo, ligeramente inclinada hacia el frente, y desaparecer en busca del automóvil, la imagen misma de una inocencia apesadumbrada, Juan se quedó largo rato parado en la puerta del restaurante, tratando de recomponer el día. En un momento, se recostó en la pared de cemento que la noche poco a poco había ido refrescando y escuchó, desde las profundidades del bar, la voz meliflua y un poco quejumbrosa del cantante que, con un fondo de trinos y arpegios de guitarra, entonaba "Soy un turbio corazón que vaga...".

Capítulo VIII

Desde la cama, el mundo parecía envuelto en una especie de neblina que limaba los ángulos de objetos y muebles hasta convertir la habitación en un agregado de bultos de colores sin matices precisos, algunos apenas adivinables en la semioscuridad, silenciosos e inmóviles en la claridad temprana que se filtraba por las persianas entreabiertas. Se incorporó, levantó la tela reticulada del mosquitero, se deslizó al suelo y abrió la ventana de la habitación. A esa hora de la mañana, el contraste entre el azul del mar y la espuma que levantaban los arrecifes a una distancia considerable de la playa era notable. Tarde la noche anterior, en los instantes que precedían el sueño, se había dejado ir, había permitido que la consciencia registrara el ruido del agua que ya por costumbre o excesiva cercanía no oía y notó que el ritmo con que rompían las olas en la orilla a ratos se disolvía en un rumor continuo y sordo que anunciaba días de mar revuelto comunes a esa época del año. Ahora, entre el horizonte y la arena, se extendía una línea blanca paralela a la costa, interrumpida sólo por saltos aislados de espuma que, luego de centellear al sol, caían en abanico. Mar picado con una luz casi blanca. Sal y yodo revueltos en el aire. Había logrado hablar con Frances el día anterior por la tarde y le había sugerido que se encontraran en el Viejo San Juan, en la esquina de la calle Allen y San Justo, cerca de La Mallorquina. Pensó darle a la cita un fin específico pero luego decidió no hacerlo. Mencionó unos libros que le podrían interesar. De entrada, ella dijo que no le iba a ser posible acudir al encuentro. Hablaba en un tono de voz muy baja, casi en un suspiro, como si temiera que alguien estuviera escuchando lo que decía. No, no creo que vaya a ser posible, repitió. Pero al insistir él, y luego de un largo silencio al otro extremo de la línea, Frances asintió. Se encontrarían en la esquina que él le había indicado, a eso de las cuatro. Pablo colgó casi con prisa, como si demorarse un minuto más en aquella conversación pusiera en peligro la decisión del encuentro.

Se retiró de la ventana y recogió la cama. Se duchó, se puso ropa limpia y se precipitó escaleras abajo. En la cocina, mientras calentaba el pan en el horno, Pablo se dejó envolver por el aroma del café recién colado sobre la estufa. Días antes, se había encontrado con Marisa en los terrenos de la Universidad y le propuso que almorzaran juntos por allí cerca. Ella declinó. Andaba con mucha prisa y el proyecto de investigación que tenía entre manos amenazaba con estancarse, entre otras cosas por la escasez de fondos. Tenía una cita con un decano para replantearle el asunto. Verificó la hora en el reloj de pulsera y luego miró al techo. Tengo unos treinta minutos, dijo ella bajando la vista y mirándolo con algo de impaciencia y a la vez sonriendo.

–¿Entonces me los puedes regalar? –preguntó él y le propuso que se sentaran en un banco cerca del Teatro. Mientras caminaban en esa dirección, Marisa le dijo que hacía días que tenía deseos de hablar con él.

–Dime –dijo Pablo.

–Tú sabes que yo no soy de llevar y traer ni cuentos ni habladurías, pero ten cuidado.

–¿Cuidado?

–Sí. En una reunión no hace mucho te vieron cuchicheando con Frances casi toda la noche.

–Ajá, ¿y?

–A mí eso no me importa. Tú me conoces. Pero ten cuidado. Aquella noche de la comida en tu casa alguien notó también que ustedes se desaparecieron por largo rato. Te repito que a mí no me importa. Pero, a la larga, alguien va a pensar que se traen algo entre manos. Y eso...

Pablo sonrió. Recordó brevemente la conversación con Marisa en la playa después de la cena y, a pesar de que siempre había considerado a su amiga como alguien de absoluta confianza, ahora juzgó aquel fugaz intercambio casi como una indiscreción.

–No te preocupes, me cuidaré.

Pero, mientras colocaba los platos que había usado para el desayuno en el fregadero y los dejaba al cuidado de la empleada que vendría mas tarde, pensó que ya había franqueado los límites de la cautela y que ahora se movía bajo el influjo de fuerzas que no quería o no podía detener. Todo lo que lo rodeaba había cambiado de contextura, los matices de la luz, la percepción del día, la temperatura del aire, los árboles que rodeaban los salones de clases en la Universidad y que divisaba a través de las ventanas de uno de ellos, el sonido de la gravilla en el patio. Ciertas cosas parecían haber mudado de naturaleza y quedaban transformadas, al margen de la usanza diaria, en objetos sólo reconocibles desde otra perspectiva, marginal y nueva para él: un vaso de agua a medio llenar abandonado en una mesa cualquiera era un pozo de luz transparente y tranquila, un cristal de aumento, una medida de la absoluta inmutabilidad de la casa donde se encontraba. El ruido del viento en los pinos era también la imagen sonora de la lluvia, un aguacero de gotas pequeñas y compactas como aquellos chubascos de su infancia, frecuentes en ciertas épocas del año, en el patio donde siempre veía un roble y un flamboyán en flor. A pesar de verse, con cada día que pasaba, más y más involucrado en aquel proceso de cambios, inestable y frágil, se sentía a la vez y paradójicamente más cerca de la realidad, intuía un acceso inmediato a aquella dimensión que estaba mas allá de la vista, el oído y el tacto. Mientras, apoyado con ambas manos en el mostrador de la cocina, mantenía la vista fija en el alero del garaje que se encontraba directamente frente a la ventana, creyó sentir el ruido rasposo y seco de la gravilla en la entrada de la casa. Luego, alguien golpeó tímidamente en la puerta principal.

Abrió. Era ella. Llegaba, sin aviso previo. Pero, sí, allí estaba. El primer impulso fue de besarla en la boca, en la nuca, en los oídos, pero no lo hizo.

–No pude esperar hasta las cuatro –balbuceó Frances y parecía que desvariaba un poco, la mirada carente de brillo y como ausente–. Es que tengo algo que decirte.

–No importa. Yo iba a estar aquí toda la mañana.

Ella sonrió y sin esperar que él la invitara a pasar, entró y deambuló hasta la puerta que daba a la terraza del fondo. Pablo la siguió hasta colocarse a su lado y se quedó largo rato mirándola de perfil. La piel tersa, la nariz pequeña, el pelo desordenado por el viento de aquel día, y las hebras sueltas que colgaban junto a la oreja y que él quería rozar con sus labios.

–Me siento un poco mareada –dijo como si le faltara el aliento. Luego abrió la puerta que daba a la playa y se recostó en el umbral. El se acercó. Quieres sentarte, déjame ayudar, pero ella salió a la pequeña terraza cubierta, se detuvo casi al borde de la arena y entrelazó las manos a su espalda. En esos instantes, Pablo notó el aire como obcecado y tenaz que había intuido en ella cuando la trató por primera vez hacía unas semanas. Sintió deseos de verla de frente. Se acercó y, dándole media vuelta, la rodeó con un abrazo y la atrajo hacía sí. Ella lo contemplaba entre divertida y asombrada mientras él, primero con una lentitud que rezumaba indolencia, luego cada vez con más prisa, recorría el cuerpo, los pechos, las nalgas, con la palma y la punta de los dedos. Se besaron alternando el roce furtivo y el mordisco. Pablo casi la arrastró hacia dentro, hacia la escalera. Ella más que ceder se entregaba a aquella corriente y también recorría su cuerpo con las manos, palpando la espalda, su cintura y levemente apretaba su sexo duro a través del pantalón. Se detuvieron un instante en uno de los últimos escalones, convulsos ambos, mientras él trataba, sin conseguirlo, de deshacer su vestido. Se volvieron a besar y su mano subió por el muslo derecho de Frances hasta llegar a posarse, con un leve movimiento, en la entrepierna, en el eje, en aquel vacío en cuya suave coyuntura estaba el mundo. Llegaron a la habitación a medio vestir y, unos segundos después, ya en el borde de la cama, relumbraron las pieles en la penumbra húmeda. Cuando, desde la ventana, él volvió a fijar su atención en el alero del garaje, recordó que Frances nunca llegó a articular aquello que, de entrada, le previno que tenía que decirle.

Era sábado. Pasó el resto de la mañana repasando trabajos que había encomendado a sus estudiantes la semana anterior y, después, acomodado en el fondo de la casa en una butaca de madera blanca visiblemente maltratada por la humedad y el salitre, leyó por encima los periódicos del día. A las cuatro y diez, subiendo por la calle Allen, la vio de lejos, en la esquina de la calle que bajaba hacia La Mallorquina, examinando o fingiendo examinar la extensa variedad de zapatos expuestos tras los cristales de una tienda de calzado.

–Llegas tarde –dijo ella en un tono alegre mirándolo de soslayo.

–Pero seguro –repuso él–. ¿Por qué no caminamos hasta el Palace y tomamos algo en aquel bar del último piso?

–He oído decir que está muy deteriorado.

–Todo ha de tener su término y su fin.

–¿Y los libros? –preguntó ella, notando que Pablo había llegado con las manos vacías.

–En casa.

–Entonces mejor hubiera sido que me invitaras directamente allí –dijo en un tono entre impaciente y resignado.

Maniobraban por la acera estrecha camino de la Plaza de Armas. De vez en cuando, al toparse con varias personas en la misma vereda, él bajaba momentáneamente a la calle con cuidado de no rozar los carros que también subían en dirección del Ayuntamiento. En dos ocasiones, Frances miró furtivamente hacia atrás.

–Sí, mejor vamos a casa –dijo él, apretando levemente el codo de Frances que sostenía con su mano izquierda–. Creo que tienes algo que decirme.

Ella había retirado su brazo impidiendo momentáneamente todo contacto entre ambos.

–¿Yo a ti?

–Ya lo sabes.

A medida que se acercaban a la plaza, el número de gente era cada vez mayor y ahora el tránsito se tornaba particularmente congestionado y difícil. Ella se detuvo y los observó a ambos en el reflejo de una vitrina en la que se exhibía una extensa variedad de telas. El también miró el cristal y, por unos instantes, creyó ver, en la superficie que un alero parcialmente oscurecía y en la que se desplazaban, a espaldas de sus cuerpos inmóviles, en la calle, un tumulto de imágenes con los sobretonos ligeramente metálicos de un negativo fotográfico, a Frances y a Pablo, devolviéndole la mirada, completamente desnudos.

–Sí, vamos –dijo ella.

En la cama, húmedos sus sexos, ambos boca arriba como si estuvieran suspendidos en el aire espeso, él creía escuchar en la oscuridad del cuarto su propia respiración y la de ella, pero lo que en verdad efectivamente encubría todo otro rumor y llenaba el espacio que él pensaba casi palpable, era el estruendo lejano y continuo del agua rompiendo contra el largo arrecife y el silbido irregular del viento a través de las rejillas de madera sobre las puertas que separaban una habitación de la otra.

Al llegar, Frances había entrado casi con timidez y había optado por sentarse en un pequeño sofá de mimbre junto a la puerta de madera blanca que él había recién abierto y que daba a la terraza de la playa. Afuera, la intensidad de la luz empezaba a disminuir y junto al mar cada vez más añil, la arena se volvía de un amarillo intenso. Antes de dirigirse a un mostrador apartado donde iba a preparar dos rones con soda, había notado que Frances miraba a su alrededor con algo de inquietud, como si no se sintiera cómoda del todo. Sentados en al automóvil camino de la casa en aquel extremo de la ciudad, Pablo había posado una mano sobre la de ella, que descansaba sobre el asiento. Pero con un movimiento brusco casi de rechazo, ella la retiró en seguida y él no quiso volver a insistir. Ahora, de regreso a la sala con un vaso en cada mano, notó que Frances se había puesto a hojear pausadamente uno de los libros que había encontrado en la silla de al lado.

–¿Buscas algo? –preguntó él acomodándose muy cerca de ella.

–Creo que ya una vez me hiciste esa pregunta.

–Esa no, a lo mejor una parecida.

Frances cerró el libro y por unos instantes sonrió como si estuviera cansada.

–Se me confunden en la cabeza –dijo ella.

–¿Qué?

–Las preguntas.

–Entonces, igual que las tramas.

Ella guardó silencio y por unos instantes bajó la cabeza.

–¿Por qué no hablamos de otra cosa? –preguntó Pablo al fin, pensando que no quería incomodarla.

–No, no, hablemos de eso, de eso –dijo ella visiblemente inquieta.

–Yo quisiera...

–Porque sé que me vas a hacer preguntas y ¿no responden, de todos modos, las tramas a una secuela de preguntas, cómo, dónde, cuándo? –dijo mientras colocaba el libro donde lo había encontrado.

Él encendió un cigarrillo. Mientras fumaba, se mantuvo callado durante un tiempo, reflexionando. Pensó que aquel diálogo por ahora no tendría otro fin que el de distanciarla y no era eso lo que él deseaba. Pero tampoco estaba en ánimos de llevar la contraria.

–Bueno, pues está bien –dijo–. Esas preguntas que tú dices que arman tramas, cuándo y dónde, por ejemplo, pues uno no se las suele hacer de entrada. Están ahí, circulan bajo las palabras, pero en general uno no se las hace, salvo en algunos casos muy especiales, quizá.

Hizo una pausa e inhaló humo del cigarrillo.

–También hay otros impulsos –continuó– y francamente no se me ocurre una palabra mejor, que sirven para armar esquemas que intrigan a los que empiezan a interesarse en lo que está en vías de ocurrir. Me refiero a "después, después, después".

Ambos bebieron. Él, que había tomado un largo sorbo en el mostrador antes de entrar en la sala, notó que en su vaso sólo quedaba ahora un fondo de agua en el que escasamente flotaban unos cuantos pedazos de hielo.

–Sí, pero el "después" ése del que estás hablando, –dijo ella– me parece, sirve de todas formas para contestar preguntas tales como "cómo" y "por qué".

–Algunas veces. Mira, las más, pienso que no. Es cuestión de dejarse llevar por las novedades –y mientras se volvía a acomodar en su asiento para estar más cerca de ella, mudó el tono de voz para prestar énfasis a esta última palabra–. Y con todo, cuando lo que acabas de decir ocurre, cuando el "después" contesta preguntas, lo hace desde un eje que yo llamaría vertical. Pienso que hay circunstancias, muchas circunstancias, que no se prestan a esa, bueno, secuencia y que se impone una relación distinta que yo llamaría no vertical sino lateral. Allí los nexos existen no por causa y efecto sino casi exclusivamente por cercanía.

–Entonces no hay trama.

Ella parecía haber perdido la inquietud que la había caracterizado toda esa tarde. Colocó el vaso a medio llenar en la mesa de enfrente y, doblando las piernas a la altura de las rodillas, las subió al asiento y giró hasta encontrarse frente a frente con él. Sus ojos se posaron en él con aquella mirada de resaca, de marea en retirada que Pablo había notado la primera vez que la vio.

–No hay trama –continuó ella–. Por lo menos no en el sentido habitual de preguntas y respuestas. Hay muchas experiencias que no se prestan a eso de preguntas y respuestas.

En un momento ella, apretando la comisura de los labios como si fuera a sonreir, acercó el rostro y, en ese gesto, en la cercanía y el asomo de aquella sonrisa, él creyó reconocer, sin que hubiera ni un recuerdo ni una experiencia anterior que lo justificara, una conmoción íntima y remota que ahora se hacía presente una vez más. Ella lo besó en la boca. El se quedó mirándola unos instantes y luego le devolvió el beso. Había colocado el vaso en el suelo y mientras la besaba bajo la oreja, sus manos tocaban aquel cuerpo cuya presencia había evocado tantas veces y que en ese instante se materializaba en un tumulto de sensaciones. Hasta dónde explorarte, con las manos, con la punta de mis dedos buscar tu centro, hasta cuándo, de qué modo retenerte, guardar tu ida, el frescor de tus pechos, con la boca crear la red del encanto de la que ya no te podrás zafar, rodearte de silencio, no hablemos más, rodearnos de un aire impenetrable de silencio. La mano de ella se posó con fuerza en su hombro e intentó apartarlo y no deja, no sigas, por favor, ya, luego de algún esfuerzo lo logra. Se levanta, camina como si fuera en dirección del fondo de la casa y se detiene, debo irme, no deberías interesarte en mí, es un error, pero él le corta el paso y la cerca con sus brazos aproximándola a sí, no puedo dejarte ir, ya no, demasiado tarde, ya, y ella apoya su frente sobre el hombro de Pablo.

Pasaron unos minutos. Ella balbuceó que deseaba beber un poco de agua y ambos se dirigieron al mostrador. Luego, cerca de la escalera, la tomó de la mano y le susurró al oído vamos arriba y ella asintió con la cabeza. Subieron y se desvistieron en silencio en la oscuridad. Se besaron furtivamente y caminaron quedo, casi como si se movieran en la punta de los pies, hasta la cama. Fue lento el recostarse mientras las manos se deslizaban en ambos cuerpos, primero sin detenerse demasiado en ningún lugar, los pechos de ella, redondos y firmes al tacto, su vientre liso, los tendones que ella sentía tensos en su cuello, el estrecho camino de vello que bajaba desde las tetillas hasta el sexo, el pene bulboso y duro, aquella zona que súbitamente se esponjaba de vello entre las piernas de ella, la lisura de los muslos en seguida, después demorándose un poco en algún lugar, el extremo ligeramente rugoso de un pecho, la punta del sexo hinchado, la humedad en los confines de su vientre. Luego, temiendo por un momento perderlo todo, el se deslizó sobre ella y ella lo recibió con alegría.

Mientras Frances respiraba a su lado, pálida, el pelo suelto, el cuerpo moteado por zonas de sombra que eran eje y emblema, afuera el ruido bajo y continuo del agua contra el arrecife, él sintió como si súbitamente quedaran libres de toda gravitación y peso y que flotaran, girando poco a poco, y que luego se dejaban llevar por una corriente apenas perceptible que les daba la extraña sensación a la vez de no moverse, e, inmóvil, él quiso de algún modo convocar la existencia de un nuevo órgano que le permitiera calibrar y contener la precisa extensión de aquella urgencia que sólo por momentos se atenuaba y que, pasados unos instantes, volvía a reactivarse, como al menor soplo la llama en el rescoldo, y que amenazaba con arrasarlo todo. Habías prometido decirme algo estaba durmiéndome sí habías anunciado yo nunca te anuncié tal cosa y rió sí dime ya de una vez es muy tarde y el eco es muy tarde ahora respira profundo después y el eco después no es muy tarde después después ahora vamos a dormir mi amor.

Capítulo IX

Había decidido dormir en Mayagüez. Le pareció innecesario un viaje a San Juan y otro de vuelta a Isabela, por lo cual el gasto de hotel quedaba más que justificado. Además, nadie lo esperaba en San Juan. Nadie. Pero justo antes de apagar la lamparita de la mesa de noche de aquel cuarto de hotel mal iluminado, cuando ya en calzoncillos se disponía a dejarse caer en las sábanas que de lejos olían a polvo y humedad, pensó que debía llamar a Nora temprano en la mañana para informarse de lo ocurrido desde que salió de viaje al oeste de la isla.

Amaneció despejado. Desayunó en el cafetín de la esquina. Luego con un puñado de monedas en la mano, buscó un teléfono público en una acera cercana. Nora tardó mucho en contestar y, por unos instantes, temió que no estuviera en casa.

–Nada. No han mandado más cartas ni papeles. ¿Estás en San Juan?

–No, estoy en Mayagüez.

Por unos instantes ella no habló. Un silencio como para recogerse o medir palabras o medir fuerzas. Por fin dijo:

–Juan, no quisiera decir estas cosas por teléfono pero no tengo más remedio.

–¿Qué ha pasado? Dígame, dígame.

–Escalaron la casa. Se metieron ayer por la noche temprano y revolvieron muchísimas cosas.

–¿Y le ha pasado algo a usted?

–Una desgracia –dijo–. No, a mí no me pasó nada porque yo no estaba.

–Qué suerte.

–Me llamaron por teléfono. Ahora pienso que debió de haber sido una voz fingida. Voz rara, sí. Un hombre. Me dijo, como si estuviera muy alarmado, que me necesitaban en el Centro Médico, que allí alguien hablaba de mí, que avanzara, que me diera prisa. Cuando le pregunté dónde en el Centro Médico, con todos esos hospitales que hay, colgó. Te podrás imaginar. Perdí la serenidad. Pensé que Miguel estaba herido o algo. Salí desesperada a correr de Sala de Emergencia en Sala de Emergencia, de hospital en hospital. Preguntaba por Gerónimo Chaves y hasta por Miguel Ángel. Pero nada. Ni rastro de ellos. Regresé en taxi casi a las dos de mañana. Y, claro, se habían metido.

–¿Se llevaron mucho?

–Fíjate, no se llevaron nada. Revolvieron algunos libros, sacaron discos de su sitio. Las gavetas de los archivos y de la cómoda del cuarto, eso estaba también revuelto. Cuando volví a ordenar todo esta mañana me di cuenta de que no faltaba nada. Qué malrato. Y no me he atrevido a llamar la policía.

–No lo haga.

–Ay Dios mío.

Nora hizo una pausa y luego preguntó:

–¿Hablaste con esa señora? ¿Sabe algo?

–Dice que no sabe nada.

–Eso dice, que no sabe nada.

Había en su voz un tono extrañamente ecuánime, como el de alguien que ya ha perdonado o de aquel a quien ya no le importaba lo ocurrido o lo que pudo haber ocurrido.

–Y me imagino que no ha visto a Miguel.

–Así es.

–Miguel Ángel pasó por aquí.

–Volvió, ah.

–Sí, volvió. Y parece que se empieza a preocupar por su padre. Por primera vez en mucho tiempo se sentó a hablar conmigo y ofreció ayuda. Me contó la conversación contigo. No sé si te ha escuchado pero parece que sí.

Juan se reservó todo comentario, pero no pudo evitar que le picara la curiosidad por saber cuánto había revelado Miguel Ángel a Nora de aquella conversación sostenida en el bar no haría tanto.

–A lo mejor algo bueno sale de todo esto.

Nora hizo una pausa súbita como si momentáneamente se le entrecortara la respiración.

–Estuvo mucho rato aquí. Cuando le conté lo de las salidas de noche de Miguel me dijo atropelladamente que por ahí había que empezar y me pidió la llave de la oficina en la Universidad. Por suerte Miguel tenía un par de copias aquí en la casa. Me ofrecí a ir con él pero me dijo que no hacía falta, que mi deber ahora era estar en la casa en espera de cualquier mensaje que llegara. Se llevó una llave y me prometió volver para decirme si había encontrado algo.

–¿Encontrado algo?

–Bueno, quiero decir, algún indicio, supongo, que nos ayude a entender este desastre.

Subrayó la palabra "desastre" con un silbido que él nunca le había escuchado antes. Su voz le llegaba ahora con más peso, como si el cansancio de estos días la hubiera dotado de una inusitada gravedad. Una operadora se interpuso en la línea y le pidió que depositara dinero adicional.

–Voy a Isabela a ver a don Memo Herrero –dijo Juan, luego de introducir en la ranura varias monedas.

–Válgame.

–La Profesora Sánchez me sugirió que lo viera. Dice que

fueron muy amigos.

–Fueron. Hace años que Memo no se ocupa de nosotros. Y me han dicho que le cogió cierta morriña a Miguel por razones que para mí no están claras. Oí decir que hace un año le dio un derrame o algo así y que no quedó bien. Creo que impedido. Pero también me dicen que sigue a voz en cuello con las prédicas de libertario.

–¿Libertario?

–Libertario a su manera. En el fondo es un voluntarioso. No sé para qué te ha enviado donde él –Hizo una pausa–. Además, no le creas todo lo que te dice esa... señora.

–Pienso regresar a San Juan esta noche.

–Bueno. Que tengas suerte.

Y colgó.

Juan notó que había dos personas en espera del teléfono público, y una de ellas, mujer joven bien maquillada con el pelo sujeto en cola de caballo, parecía visiblemente molesta. Mientras él se dirigía calle abajo oyó a sus espaldas un murmullo entrecortado "Ve María, desconsiderado".

En Isabela le indicaron que la calle donde vivía Alfredo Herrero bajaba por una esquina al extremo de la plaza en dirección al mar. Había hablado por teléfono con la esposa desde un puesto de gasolina en la carretera. Era discípulo de Miguel Chaves, dijo. Pasaba por Isabela y había oído hablar mucho de su esposo. Quisiera saludarlo, si su visita no molestaba. De ningún modo, replicó ella en un tono elaboradamente cortés. A Alfredo, añadió destacando la segunda sílaba, le gustan las visitas, sobre todo desde que se enfermó. Le dio la dirección y le dijo que viniera cuando gustara.

La casa, de madera, era de tamaño mediano y respondía a un estilo que estaba desapareciendo rápidamente en los pueblos de la Isla. Con un techo de zinc a cuatro aguas y las ventanas de persianas bien cuidadas, sólo el balcón, que una vez debió haber sido también de madera, adelantaba los cambios de los años venideros. Era de concreto y el piso estaba revestido de losetas blancas y verdes. Una espesa enredadera de canarios amarillos cobijaba la parte del balcón que daba a la calle, y, a ambos lados, una verja de alambre grueso y entretejido separaba el escaso solar de las dos viviendas vecinas, también de madera, cuya proximidad daba un sentido inmediato y contundente a la frase que Juan había escuchado de niño, de labios de su abuela, cuando ella quería aludir a una extrema familiaridad de compueblanos: "vivían ventana con ventana".

Al subir los cuatro escalones que llegaban al balcón, Juan notó que las hojas de la puerta que daban a la sala estaban abiertas de par en par. Al fondo, un televisor prendido y frente a él, de espaldas a la calle, un hombre de frondoso pelo gris se mantenía inmóvil en una silla de ruedas frente al tumulto de imágenes cambiantes en colores. El tocó en el marco de la puerta pero la voz agitada del presentador en la pantalla efectivamente encubrió el ruido de su puño contra la madera. Llamó con fuerza y vio que una mujer se acercaba, secándose las manos en un paño de cocina, por el largo pasillo que se extendía desde el fondo de la casa en dirección de la sala. Al ver al joven, tiró con un movimiento rápido la tela por unas de las puertas laterales al pasillo y con discreción se frotó las palmas de la mano en la falda. Al pasar junto al hombre en la silla de ruedas le dio un toque en el hombro con la punta de los dedos de la mano derecha, pero él no se dio por aludido.

–Usted debe ser el señor González, ¿verdad?

Con gestos que querían comunicar sosiego, trataba de proyectar la voz por encima del merengue que ahora animaba a los cuatro bailarines, dos mujeres y dos hombres, con los brazos doblados a la altura del pecho, a dar cortos pasos laterales, a la derecha y a la izquierda, todo ello ejecutado con desenfado pero a la vez con la cautela de quien teme salirse del área cubierta por la cámara. Juan notó que a la música y al canto se sumó de pronto súbitamente un ruido de voces cuyo origen parecía radicar en la casa vecina.

–Espero no molestar –dijo Juan con algo de incomodidad.

–De ningún modo. Pase, pase, es que él algunas veces dice que no oye bien. Dice.

Ella se hizo a un lado para que él pudiera pasar a la sala. Luego, en voz alta.

–Memo, Memo, el señor González está aquí.

–Una perfecta mierda –dijo el hombre de la silla de ruedas mientras se inclinaba a apagar con la mano izquierda el aparato de televisión–. Es casi una falta de respeto –añadió con cierta indignación a la vez que con esa misma mano hacía girar la silla en redondo.

El rostro de Alfredo Herrero estaba cubierto de una barba blanca, bien recortada, que seguía los contornos de las mejillas y la quijada. Tenía una espesa cabellera gris y sus ojos de ave rapaz estaban enmarcados por cejas tupidas también blancas. De vez en cuando torcía un poco la boca como para mostrar inconformidad o desagrado. Era evidente que aparentaba mucha más edad de lo que en realidad tenía.

Las voces del lado se atropellaron una vez más y en la sala donde se encontraban se pudo oír a una mujer casi gritando: "Tú habías quedado en que esto no iba a volver a pasar" y que una voz de hombre interrumpía: "Cállate, cállate, so ignorante. Parece mentira". "Parece mentira lo tuyo", replicó la mujer. "Ya verás, ya verás lo que voy a hacer".

–Me cago en la vida de esos cabrones –vociferó don Memo–. No dejan a uno vivir en paz. –Se contuvo por unos instantes. Luego, en tono más alto proyectando sus palabras hacía la ventana, gritó–: Cabrones.

Las voces de los vecinos callaron momentáneamente. Después se oyó un "Parece mentira" de la mujer y casi en seguida un portazo repercutió en la casa del lado. Minutos más tarde, se oyó chirriar el portón que daba a la acera.

La señora de Herrero, trigueña, delgada y de mediana estatura, con el pelo pintado de un negro rojizo que llevaba recogido en un rollo en la nuca, se apretaba las manos frente a la cintura y, con los ojos bajos, fruncía las cejas.

–No le haga caso a Alfredo –musitó–. Es que esa gente lo saca de quicio –y al pronunciar la palabra hizo la u sonora. Luego se dirigió al hombre de la silla de ruedas –Memo, ése es el señor González que pasaba por Isabela.

El viejo miró a Juan fijamente y por unos instantes torció la boca al morderse el bigote.

–Tú perdona, pero es que pasan unas cosas.

Juan González caminó hasta donde estaba el otro y le extendió su mano derecha. Don Memo levantó su brazo hábil, el izquierdo, y apretó la mano que se ofrecía.

–Son unos cabrones –dijo en voz más baja–. María, llévame hasta la ventana.

María Herrero empujó la silla en dirección de uno de los huecos que iluminaba esa parte de la sala. Con un gesto de cabeza don Memo le indicó a Juan que se acercara.

Desde dentro, se sentía aún más la cercanía de la casa del lado y desde aquella ventana donde se encontraban, con las dos persianas abiertas de par en par, se podía ver, a unos metros de distancia, una pared de madera gris claro en las que estaban insertadas cinco ventanas pintadas de blanco. Los huecos de las dos casas no coincidían. La estructura de enfrente era de mayor tamaño y las aperturas laterales estaban espaciadas con mayor holgura que las de la casa de los Herrero que, a su vez, quedaba, por razones de elevación del terreno, a una altura algo superior a la de los vecinos. Así Juan González y el matrimonio Herrero podían observar, si orientaban la visión a un ángulo y un poco hacia abajo, lo que transcurría en aquellas piezas con ventanas abiertas. La ventana a la extrema izquierda, la que estaba más cerca de la calle, permanecía cerrada, la segunda y la tercera abiertas de par en par y las dos últimas, al fondo, entornadas.

–Mira, mira –dijo don Memo con voz recia.

–Memo, por Dios, que nos van a oír –susurró María administrándole un golpecito en el hombro.

–Qué carajo, si él ni nos puede ver, ni nos oye –dijo don Memo en voz más baja como si en efecto temiera que lo oyeran.

–Sí nos puede ver.

–No nos puede ver nada –replicó el otro siempre mirando hacia afuera–. Porque no le da la gana.

En la casa de madera gris claro, se divisaban dos figuras, una sentada cara a cara respecto de la otra. La muchacha, que podía ser un poco mayor o un poco menor que el joven que tenía de frente, llevaba el pelo largo hasta los hombros y en su rostro trigueño y ovalado se podía percibir, a una distancia, una expresión absorta, casi transida, como si estuviera trabajosamente concentrando en lo que el otro hacía y decía. El hombre, de unos veintiocho o treinta años, de piel cobriza, pelo negro lacio y un espeso bigote que cubría la parte superior de la boca, tenía un libro abierto sobre sus rodillas y, como mantenía la vista baja y el bigote se movía, no era difícil adivinar que leía a media voz.

Don Memo dio un par de tirones a la manga de la camisa de Juan para que éste le acercara el oído.

–Está loco el pendejo ése.

A pesar del énfasis que ponía en las palabras, hablaba tan quedo que su esposa también agachó la cabeza como si temiera perderse la conversación.

–Hace unos años se fue a estudiar a Europa, a Londres y a París, creo, y allí parece que, como dicen ahora, se tostó. Mira cómo ha quedado.

Levantó un poco la cabeza en dirección de las ventanas

donde se encontraban las dos figuras como si de algún modo resultara evidente el presunto desarreglo síquico del joven.

–Parece que fue que se puso nervioso por allá –susurró María Herrero–. Aunque dicen, ...yo no creo que fuera ningún *breakdown*. Loco no. Es inteligentísimo.

–Era brillante, era, María, era –afirmó don Memo y Juan creyó ver en los ojos del viejo una luz momentánea de admiración–. No sé si es que se hace, pero ahora se ha dedicado a esas pocas vergüenzas, porque entre otras cosas...

–Ella –interrumpió María– vive tres casas más abajo y la pobre nació como retardada.

–Es una boba –interpuso don Memo.

–Es un poquito lenta pero no es ninguna boba. La madre le enseñó a coser y cose en la casa, para afuera, precioso.

–Es una boba y una pendeja.

–Ave María, Memo, por favor.

–Es una pendeja. Mira lo que se deja hacer.

Juan dirigió su atención una vez más al marco de la venta abierta del otro lado de la verja y no vio nada de particular. Comprobó que el joven seguía sentado frente a la muchacha, entregado a lo que parecía desde lejos una lectura silenciosa. De vez en cuando, levantaba la cabeza y, sin dejar de mover los labios, cerraba los ojos como si estuviera haciendo un esfuerzo de concentración. Pasados unos instantes, volvía los ojos a la página impresa.

–Ahora no –dijo don Memo–. Pero déjalo que coja impulso.

–El le dice a la madre, que es la que salió a la calle, la pobre desesperada, porque cuidado que lo regaña y lo regaña, y le dice y le dice, pero como él está así, hace lo que le da la gana, y además se le desaparece a esa desgraciada mujer por días y días sin que nadie sepa dónde está, le dice a la madre tan sufrida que él y porque quiere enseñarle a esa infeliz muchacha, que se encierra en el cuarto, porque eso es lo que hace, dice que para enseñarle.

María Herrero había hablado en voz baja y con prisa como si temiera una súbita y fatal interrupción. Al ver que tal circunstancia no se produjo, respiró con alivio.

–Y lo peor es que los padres la dejan que él la traiga ahí. Cabrón –masculló don Memo.

–Pero si es que él va allá y les habla y los marea con Londres y Zurich y con qué sé yo. Porque es finísimo.

María Herrero, para fines de énfasis, había alargado la segunda sílaba de la palabra que acaba de enunciar. –Porque él se pasa visitando el vecindario cuando está aquí y conversa una barbaridad y hasta con Memo, ahí en el balcón las horas muertas.

–Últimamente no –dijo don Memo, dando vuelta a la cabeza y mirando fijo a su mujer a la vez que fruncía las cejas espesas.

–Bueno, hará como una semana, porque antes hasta se peleaban con las discusiones que tenían. Yo oía los gritos desde la cocina.

–Carajo, ya está bueno –dijo el viejo. Y sin apartar del rostro de su mujer unos ojos que se tornaron súbitamente fríos, con un gesto de impaciencia de su brazo hábil intentó dar vueltas a una de las ruedas de la silla.

–Este muchacho debe de tener prisa –declaró don Memo con firmeza.

María Herrero llevó a su marido al centro de la sala y rogó a Juan que se sentara.

–Aunque son más de las once, ¿puedo ofrecerte un refresco o un cafecito? –preguntó ella sonriendo. Juan no pudo dejar de notar que había pasado sin más a un trato informal.

–Bueno, sí, café, si no es molestia.

–¿Un refresquito para Memo? Porque el café te pone nervioso.

–Café para mí –dijo don Memo– con leche.

–Es casi la hora del almuerzo –comentó ella entrelazando las manos frente a la cintura.

–Café –dijo él sin dirigirle la mirada y sin levantar la voz.

María Herrero dejó caer los brazos y con la cabeza baja se encaminó a la cocina. Una vez que estuvieron solos, Memo Herrero se acomodó con dificultad en su silla y, lanzándole una mirada matizada de incredulidad al visitante, dijo:

–Dime qué es lo que te trae por aquí.

Juan González cruzó las piernas y se percató de que estaba un poco nervioso.

–Pasaba por Isabela...

–Una casualidad. María me dice que conoces a Miguel Chaves. Yo no tengo nada que ver con Miguel Chaves.

–Fueron amigos.

–Fuimos, fuimos. De eso hace ya mucho tiempo. El mundo cambia.

–Estuvieron en la Universidad.

–El terminó, yo no. Ya se veía por donde iba. Pero todavía no me dices a qué has venido.

Juan guardó silencio unos instantes mientras mentalmente buscaba un esquema aceptable en el que pudiera insertar la pesquisa que ahora tenía que hacer. Descartando el formato de preguntas, optó por uno declaratorio, que al menos, pensó, cumplía con los requisitos indispensables.

–Don Miguel, con quien llevo años estudiando, aparentemente se ha ido de viaje sin avisar a nadie dónde ha ido y cuándo regresa.

–Ajá, y tú crees que se ha venido a pasar una temporada a Isabela.

–No sé nada de eso. No tengo razones para pensar que haya venido a Isabela.

–Pues yo tampoco, carajo.

–Pronunció la última palabra en un tono más bajo que las anteriores. Luego, inclinándose un poco hacia adelante y frunciendo una vez más las cejas, preguntó:

–¿Te habló de mí alguna vez?

–Nunca me habló de sus amistades.

–Y entonces, ¿a qué debo el honor de esta visita?

Memo Herrero se había erguido en la silla y al hacerlo momentáneamente adquirió un aire de distancia no exento de un leve nerviosismo.

–Estamos tanteando en la oscuridad –balbució Juan. –Doña Amelia Sánchez me dijo que incluso habían peleado juntos en la guerra de Corea.

–Ah, la pitonisa comecandela ésa. Ahora encumbrada por las máximas autoridades del *Establishment*, porque me llegó el run run que tiene un puestazo en el Colegio de Mayagüez –hizo una pausa mientras se mordía el bigote–. Y te dijo que peleamos en Corea. Pues sí, peleamos, sí pero entre nosotros no, con aquellos, entre nosotros, nunca. –Momentáneamente sobrecogido, le brillaron los ojos y le tembló un poco la voz.

En el momento que entraba en la sala María Herrero con una bandeja en la que había dos tazas de porcelana floreada rebosantes de café con leche, dos vasos de agua con hielo y unas servilletas de hilo amarillento, se escucharon desde la casa del lado unas cuantas palabras articuladas con fuerza y en tono que buscaba prestar énfasis a lo que se estaba diciendo: "orientada a su objeto... Es palabra extranjera subordinada a la palabra narrativa... Como objeto de conversación del autor".

La esposa, apretando un poco los labios en señal de

aprensión, depositó la bandeja en una mesita que se encontraba entre el viejo y Juan González.

–Ya empiezan las jodederas –dijo por lo bajo don Memo–. Ya empiezan las jodiendas –casi gritó mientras daba vuelta a la cabeza en dirección de la ventana que daba a la casa contigua.

–Que te oyen, Memo –suplicó María.

–Que me oigan, que me oigan, eso es lo que quiero.

La esposa cerró los ojos por un instante mientras respiraba profundamente. Luego, le ofreció una taza a Juan y, con extremo cuidado, como si temiera hacer ruido, arrastró la mesita hasta dejarla junto a su marido. Este tomó con su mano hábil la taza que quedaba en la bandeja y sorbió, con evidente placer, el líquido en cuya superficie aún flotaban unas cuantas burbujas del hervor reciente. De la casa vecina les llegaban de vez en cuando algunos murmullos inconexos.

–Y si vieras lo que hace ese cabrón –dijo don Memo inclinándose hacia Juan González como quien quiere hacer una confidencia. Casi en seguida volvió a recostarse en el respaldo de su asiento y por unos instantes miró el techo.

–Tiempos malos aquellos. Y al final con aquel frío. Se le helaban a uno...

María Herrero, acomodada en una silla discretamente al margen del grupo, con un *Hola* en el regazo, logró interceptar la mirada del viejo con una de advertencia.

–Frío de verdad –continúo don Memo–. Y sin casi un árbol ni casi una matita. Todo pelado.

La esposa cerró la revista y era ahora evidente que se disponía a seguir la conversación de cerca.

–Memo casi nunca habla de aquello –dijo ella–, pero cuando habla de lo que se acuerda es del frío.

Don Memo Herrero cerró los ojos y alzó un poco la cabeza.

–Pendejos –mascullό–, como si aquello fuera a resolver algo.

–¿Y usted y don Miguel estaban en la misma unidad militar? –preguntó Juan.

–Estábamos casi todos juntos, Miguel, Pedro Miranda a quien todos llamábamos Peyo, Raúl Núñez, Pepín Martínez, y unos cuantos muchachos del centro y del sur de la isla. Se peleó con gallardía, créeme, de eso no debe quedar duda. Los problemas, carajo, sólo salían de vez en cuando, como cuando cogíamos prisioneros porque no sabíamos qué hacer con ellos. Y ahí todo el mundo se ponía a discutir y se ponían a discutir con el pobre Raúl que era el que mandaba. Porque aquí tú sabes que todo el mundo opina y que todo el mundo quiere mandar. Pendejos.

De la casa del lado llegaron voces. "Quédate, quédate" cortado por un "no" quejumbroso y de nuevo la voz fuerte del muchacho "ya verás", en tono muy alto, y con un ritmo deliberado y cadencioso de: "La noción de la univocidad o de la objetividad del monólogo y de la ética que está asimilada..."

La mano hábil de Memo Herrero se crispó sobre el brazo de la silla de ruedas a la vez que cerraba los ojos con vehemencia y que una oleada de sangre afluía al rostro.

–Hijos de la gran puta –pronunció por lo bajo.

–Memo, Memo, que te sube la presión.

La esposa se puso súbitamente de pie y se acercó al viejo a quien ahora le temblaba la barbilla. Juan González observó con alarma el trajín y estuvo a punto de ofrecer ayuda pero no supo de qué modo podía ser útil en semejante circunstancia. La voz del vecino continuaba a un ritmo invariable.

Don Memo respiró profundamente y abrió los ojos.

–Llévame a la ventana –ordenó a su mujer y ya, a medio camino, con un gesto del brazo bueno, le indicó a Juan que se acercara.

Los tres se colocaron con cierta discreción en la ventana abierta. En el recuadro de enfrente que quedaba levemente desplazado en un ángulo hacia la derecha, aún se podían observar las dos figuras sentadas una frente a la otra. El siempre leyendo con el libro abierto sobre las rodillas, pero ahora en un tono muy recio de vez en cuando levantando la cabeza y articulando las palabras como si las supiera de memoria; ella con la mirada vaga, casi indiferente. De súbito el joven se detuvo un instante y levantando las manos y en tono casi argumentativo, dijo:

–Mal que le pese a quien le pese supone una intervención del locutor en el cuento y una orientación hacia el otro –súbitamente bajó la voz y dijo como si repasara una lección–... colocar el nivel de la palabra que está al nivel de la historia, al nivel del discurso, al nivel...

Y volvió a poner las manos donde, con algo de asombro, Juan había notado que las tenía puestas al acercarse ellos a la ventana, sobre los muslos de la mujer. Los frotaba con lentitud y con dificultad, porque ella de vez en cuando y con gestos bruscos lo rechazaba, pero él, como en un rapto de concentración, y mientras continuaba recitando lo que leía o recordaba, no se dejaba intimidar, intentando, incluso, un par de veces y sin éxito, llevar una de las manos de ella a su bragueta.

–...describir el dialogismo inmanente de la palabra denotativa o histórica nos haría falta recurrir al siquismo de la escritura... el siquismo de la escritura, fíjate..., fíjate, el siquismo.

–Se va a poner furioso –musitó don Memo, quien había recobrado el ritmo normal de su respiración.

–Ay Dios mio, sí, se va a poner furioso –repitió la esposa a su lado.

–A veces –continuó don Memo–, parece como que se le tranca la transmisión en dos o tres palabras y las vuelve a repetir y a repetir y no puede seguir adelante y se pone furioso.

Esta vez, sin embargo, el joven logró pasar a la próxima frase y hasta retrotrajo las manos al libro para asegurarse de que continuaba abierto en la página deseada. Volvió a bajar la voz.

–La toquetea, la toquetea –musitó con desaprobación María Herrero.

–Sí, pero nada más –intervino el viejo.

–Sí, nada más –suspiró ella– y nosotros no nos podemos meter porque como es él tan amigo de Memo...

–El no es tan amigo mío nada –interrumpió el hombre desde la silla de ruedas súbitamente levantando la cabeza y fijándola con los ojos de ave rapaz.

–Bueno, tan amigo ya no. Y, como dice Memo, eso es un berenjenal y le toca a otro.

–Un berenjenal y una poca vergüenza –dictaminó don Memo quien había articulado todo lo anterior en una especie de cuchicheo cuyo fin era evitar que se oyera del otro lado–. Está bueno, María. Llévame a donde estábamos. –Y, ya sereno, dio un último vistazo a la casa de enfrente y entre dientes musitó:

–Siá la madre.

La esposa hizo girar la silla y la encaminó hacia el centro de la sala. Ofreció más café pero Juan declinó. Memo Herrero no había prestado atención alguna a las palabras de su esposa y ahora permanecía con la cabeza inclinada hacia atrás y los ojos entrecerrados.

–Pobre muchacho –dijo–, la ida allá lo mató. Con lo inteligente que era, mira y que buscar más amarras para el pensamiento.

–Y mira que tú has tratado de ayudarlo –comentó María Herrero–. Bueno, él ha tratado –añadió dirigiéndose a Juan.

Don Memo no respondió y se mantuvo por unos instantes en aquella postura, circunstancia que le daba un lejano aire de desdén o de importancia.

–Usted me estaba hablando de Corea –dijo Juan González, temiendo que la conversación siguiera girando en torno al vecino.

–Ajá, pero eso son cosas viejas, cosas que ya no debieran importar.

–Doña Amelia me dijo que él había vuelto cambiado de allá.

–Ten cuidado con la pitonisa, que enreda, enreda, carajo. –Don Memo se había animado de pronto–. Además, a todos nos pasaron cosas por allá. Muchos salieron cantando la canción de Daniel Santos y volvieron cantando otras muy distintas, pero que muy distintas.

María Herrero colocó en la bandeja la taza de Juan junto a la de don Memo y, evitando pasar cerca de la ventana donde se habían apostado hacía muy poco y por la cual se filtraban todavía de vez en cuando murmullos y palabras aisladas, se dirigió a la cocina.

–Y nos pasó de todo –continuó don Memo–. Aquellas peleas de monte en monte, el frío que nos tocó, el fango, el olor a mierda en el campo, y hasta en los pueblos, los amigos que caían ahí, al lado de uno, bien jodidos, heridos o muertos. Al pobre Pepito Ruiz lo cogió una bala de mortero y lo dejó hecho un chinchorro y lo peor era que no se moría. Los que podíamos, pegados a él esperando que los maricones de los médicos llegaran, y él tratando de hablar y casi no se le entendía porque ya ni se sabía dónde tenía la boca. ¿Tú te imaginas?

Juan González no contestó porque tuvo la certeza de que la pregunta que acababa de hacerle don Memo rebasaba en ese momento los límites de la mera retórica. Buscaba en su cabeza referentes para las palabras del viejo pero sólo le salían al paso imágenes en blanco y negro de documentales vistos casualmente en televisión.

–¿Perdió don Miguel muchos amigos en Corea?

–A todos se nos murieron unos cuantos, o quedaron heridos. Pero, mira, hacíamos lo que podíamos y él se sobrepuso como pudo. Una vez nada más, y ya quedaba poco tiempo para volver, recuerdo que tuvo un tropiezo. Le dio duro aquello.

Don Memo calló unos instantes y Juan pudo adivinar por la viveza en los ojos y el modo en que retorcía la boca y se mordía el bigote que estaba visiblemente agitado.

–Y eso le pasó por lo de siempre, por pendejo. Se lo dije antes y se lo dije después. Pero no, nunca me oyó. Por pendejo.

Suspiró y volvió a acomodarse en la silla.

–Aquella mañana, carajo, y qué frío hacía, avanzábamos hacia las faldas de una colina. Tres días llevábamos tratando de acabar con aquella gente de la colina del frente porque la orden había venido de arriba, había que *jump off* que era atacar a todo lo que da. A morterazo limpio y ametralladora, dale, dale sin tregua. Y después, se acabó. Parece que los cabrones esos se retiraron. Después de tres días. Así que empezamos a avanzar poco a poco temprano por la mañana, porque había que andarse con tiento. Y en uno de esos hoyos que ellos hacían en el monte y que parecían cuevas, ahí estaba el infeliz. Parece que en la retirada se quedó. El pendejo aquel todo mugriento con los ojos que parecían ojales bien abiertos y cagado del miedo, se le veía. Y entonces, pues, lo cogimos prisionero porque en seguida que nos vio puso manos arriba.

María Herrero regresó a la sala y, camino de su asiento, le sonrió tímidamente a Juan. De la casa de al lado llegaban ráfagas de palabras, unas dichas en un tono recio, las más apenas audibles y, en ocasiones, silencio. Don Memo, antes de continuar, se humedeció los labios con la lengua.

–Entonces empezaron las pendejadas de siempre. Que si lo devolvemos a los cuarteles generales, que si lo mantenemos con nosotros hasta que hayamos tomado control de la puñetera colina, porque había prisa, habían dado órdenes de arriba de que ocuparan aquel terreno en seguida. Y tanta gente opinando, carajo, porque cuidado que había mucha gente con ganas de mandar. Y Raúl Núñez, digno de pena en el fondo, tratando de meter orden en la confusión, porque él era el oficial a cargo. Por fin resolvió aquello y dijo que el prisionero estaba al cuidado de Miguel y que Peyo Miranda lo ayudara. Y claro, escogió al pendejo número uno por excelencia, a Miguel, al que siempre se dejó mandar hasta por la pitonisa que lo mangoneaba que daba gusto, hasta por la Universidad después, carajo, cuidado que se lo dije.

Un hilo de indignación estremeció la voz de Memo Herrero y su mano hábil se aferró al brazo de la silla donde se encontraba.

–Se lo dije después que regresamos de allá –articuló en un tono más alto–, que no se metiera en la Universidad, que le iban a cuadricular el cerebro, que le iban a amarrar la cabeza, que es lo que siempre hacen en sitios así. Por eso me fui a tiempo.

Aspiró con fuerza y cerró los ojos como quien se resigna a explicar por enésima vez lo mismo a un entendimiento rebelde.

–Yo siempre pensé que eso estaba mal, que Memo debió haber terminado –comentó María Herrero con una voz débil a la vez que fruncía un poco los labios en señal de impaciencia.

–Me cago –vociferó don Memo–. ¿Y con qué derecho se mete usted en esto?

Juan pensó que la esposa de algún modo intentaría disculparse pero no fue así. Se mantuvo impávida con las manos una sobre la otra descansando sobre la falda y la mirada en el vacío. Don Memo carraspeó y se volvió a acomodar antes de continuar.

–Ajá, ¿en dónde estábamos?

–En que el prisionero se lo entregaron a Don Miguel y a

ese señor Miranda –dijo Juan González.

–Ajá. Pues se lo entregaron, sí, y como no había esposas por allí, por orden de Raúl le amarraron las manos atrás con una soga. Había que estarlo arrastrando de un lado a otro y eso era un problema. Sobre todo, cuando había que estar pendiente a la subida en aquel como pedregal helado que no hubiera una emboscada, porque los muy cabrones del otro bando emboscaban que daba gusto, los cabrones. Raúl Núñez, el pobre, de vez en cuando daba órdenes, pocas y corriendo pero bien dadas, porque ése sí que sabía mandar –Don Memo no pudo reprimir una leve sonrisa–. Sí, señor. Arriba, arriba, rápido porque, además, Raúl era muy responsable y sobre todo le gustaba quedar bien, que la gente dijera, ése sí, ése vale. Miguel por otro lado arrastrando al coreano aquel que parecía una cabra ensogada, todo el mundo nervioso, para qué negarlo. Y en realidad, te lo digo acá entre nos, aquello fue un error de Raúl, que debió haber mandado al coreano al cuartel general desde un principio, pero la prisa por llegar arriba y reportarlo y quedar bien parece que le trastornó el seso. Total, peor era así. Miguel con el rifle, la soga y el coreano que algunas veces se le atascaba, hacía amagos y como que se emperraba, todo eso nos atrasó. Cuando cayó el sol, que era temprano, y apretó el frío, todavía faltaba para llegar arriba.

Memo Herrero hizo una pausa. Se veía más relajado y era evidente que recobraba una especie de buen humor perdido desde hacía ya mucho tiempo. En el rostro de la esposa, en cambio, aún se veían trazas de la tensión que asomó durante el último intercambio de palabras entre ellos.

–Nos acomodamos como pudimos para pasar la noche en los *sleeping bags*, allí mismo donde estábamos porque seguir subiendo era imposible. Encabronado Raúl, encabronado Miguel, encabronado todo el mundo. Bueno, Raúl le ordenó a Pedro Miranda y a Miguel con el coreano, que cada vez se ponía más arisco, que se fueran todos juntos para no sé donde, pero era lejos de donde habíamos acampado. Yo creí que bajaban, pero a ciencia cierta no lo sabía. Después no se oyeron más y pensé, Raúl por fin se dejó de tanta pendejada y va a mandar a devolver al coreano a cuarteles generales. Ya era tiempo, carajo. Todo aquel atraso y tanta jodienda y los paganos éramos nosotros, los paganos éramos siempre nosotros.

Don Memo levantó la mano del brazo de la silla y la dejó caer en el mismo lugar.

–Pero no fue así. Al rato luego de que ellos cuatro hubieron desaparecido, se oyeron unas voces muy lejanas y un tiro. Todos los que estábamos allí en el suelo dimos un brinco y nos pusimos en alerta porque pensamos que algún coreano o chino, desde arriba de la colina, nos estaba disparando. Pero tampoco era eso. No más disparos. Al ratito llegó Peyo Miranda saltando por las piedras y casi sin resuello y botando humo por la boca y todo el mundo dio un salto de nuevo pero él decía en voz alta soy yo, soy yo, coño, no tiren. Nos apiñamos un grupo alrededor suyo y él, con la cara casi violeta, resoplando, nos dijo que le habían ordenado que se volviera a donde estábamos que parece que Raúl y Miguel iban a bajar al valle con el coreano y que después oyó el tiro. Mira en lo que terminó el pendejo de Miguel.

–Memo, no hables así de tus amigos. –Al intervenir, la voz de María Herrero había asumido un aire de reproche. De inmediato, don Memo se dirigió a ella, desafiante.

–¿No le he dicho que no se meta, carajo? Lo que yo hago con mis amigos es cosa mía.

–Pero no debías maltratarlos como los maltratas.

Don Memo la observó por unos instantes sin dignarse replicar. Luego, aspirando profundamente, volvió su atención a Juan González. No se oía nada en la habitación; hacía tiempo que la voz del vecino callaba.

–Mira en lo que paró Miguel. El coreano muerto. Los

dos, Raúl y Miguel, después de mucho tiempo, regresaron. Raúl hizo un par de muecas pero en seguida se sobrepuso, se apretó el cinturón y se sobrepuso. –Juan creyó ver una vez más en los ojos del hombre mayor un brillo fugaz–. Dio un gran tirón a la soga, dijo Raúl, y echó a correr para abajo. Hubo que dispararle, dijo Raúl. Miguel allí, con la cabeza baja y medio tembluzco, no decía nada. Mira, todo el mundo entendió. Desgraciado. El coreano se le fugó a Miguel y el otro tuvo que disparar y, por decencia, por no hacerle daño a Miguel, ni chis dijo. O a lo mejor Raúl tuvo que alertarlo, y el tiro quien se lo pegó fue Miguel. El resultado fue que de aquello no se volvió a hablar, nadie, y claro, el coreano... los muertos no hablan, pero Miguel estuvo días y días sin dirigirle la palabra a nadie y se quedó como cambiado, a pesar de que Raúl trataba de animarlo y hasta de vez en cuando alguna concesión le hacía para ver si se animaba. Mira y que no sujetar bien la soga aquella, carajo, y que dejarse mangonear por el coreano, el muy pendejo.

–Memo –la esposa se había puesto de pie y frotaba una y otra vez las manos abiertas en la falda.

–Usted... –gritó el hombre mayor.

–Maltrata a los amigos. Los maltrata, los maltrata, carajo –replicó María Herrero dirigiéndose a Juan, quien no pudo contener un pequeño sobresalto ante el exabrupto.

–Usted... –y una oleada de sangre volvió a subir al rostro de don Memo.

–Los maltrata, mira lo que hizo con el pobre muchacho de al lado que era tan amigo y venía tanto a conversar.

–Atrévete... –rugió don Memo.

–Y se puso a meterle cosas por la cabeza, como si esa pobre señora, la mamá, no tuviera suficientes problemas, que volviera a estudiar a la Universidad, pero que se dedicara a soltar amarras y cuando el otro decía que no, pues éste empieza a insultarlo y a decirle barbaridades porque yo oía la gritería desde la cocina y el otro también furioso, herido, porque tenía que sentirse herido con las barbaridades. Yo creo que ahí fue que el otro empezó a desaparecer del pueblo.

El viejo inválido mantenía fuertemente asido el brazo del asiento pero era evidente que ahora estaba en el proceso de ejercer control sobre sí mismo. Dirigiéndose a Juan en un tono bajo y cortés, dijo:

–Tú dispensa, pero mi señora a veces se excita con facilidad y se pone así. –Su mirada había cobrado ahora una frialdad inusitada–. Mis excusas –añadió.

–Los maltrata, coño –dijo como en una exhalación María Herrero–. Les mete cosas en la cabeza para imponer su voluntad y los maltrata.

Juan pensó que era hora de despedirse.

–Gracias por el café –dijo al fin aún sin moverse de la silla.

María Herrero, visiblemente exhausta, mantenía la cabeza baja y contemplaba sus manos, una apretada sobre la otra. Don Memo, inclinado un poco hacia un costado y con los ojos entrecerrados, rozaba una y otra vez con los dedos de la mano izquierda los rayos de la silla de ruedas y, al hacerlo, generaba un ruido sordo, seco, metálico, en cuyas variantes de tono se podían apenas distinguir las diferencias de una escala musical que subía y bajaba con impaciencia. De la casa del lado no llegaba ruido alguno y, de momento, la sala en que se hallaban se le presentó a Juan como un escenario donde se agitaban en silencio un tumulto de posibilidades y donde la presencia del otro, del vecino, se hacía de algún modo patente.

–Gracias por haberme recibido y por la ayuda. Que se mejore, don Memo.

Y se encaminó hacia donde ella se encontraba para darle la mano en señal de despedida, pero María Herrero seguía con la cabeza baja, entregada a la contemplación de sus manos. Volvió a dar las gracias por el café y se dirigió a la puerta de salida.

Afuera encontró la luz deslumbrante de la una de la tarde y ya en la acera, al cerrar el portoncito de la verja de cemento, vio una mujer, regordeta y de baja estatura, subiendo con un aire resuelto la escalera de la casa del lado.

Capítulo X

Ahora ya nada o casi nada importaba. La idea se le insinuó primero como una oscura sensación indefinida, luego, según iba resolviendo las exigencias cotidianas, cumpliendo casi atropelladamente con las que eran inaplazables, engavetando o sencillamente desterrando de la consciencia aquellas que podían esperar, la experimentó como una clara e irrefutable certeza. Ya había cumplido con la última clase antes de las vacaciones acostumbradas que algunas veces caían en marzo pero que en esta ocasión se habían desplazado hasta principios de abril y disponía ahora de por lo menos una semana que de momento se le ofrecía como tiempo abierto, sin contornos ni límites precisos, días elásticos que se amoldarían a la súbita inclinación o al capricho. Escasamente haría día y medio que la había visto por última vez y aquella ausencia le parecía ahora, pese a los dictámenes de lo razonable, difícilmente tolerable. A media noche había salido de la casa, cuidadosamente vestida y arreglada, luego de insistir que no podía amanecer allí, que tenía que volver a la suya por lo menos para arreglar algunas cosas porque ya el diseño del viaje quedaba como cosa cierta y lo planearon en susurros, con la respiración entrecortada, casi sin aliento, como si temieran que alguien pudiera escuchar e intervenir. Jeff –a quien había desterrado en su memoria a un espacio ajeno y ciego, sin comunicación ni acceso al que ellos ocupaban– salía del país una vez más ese día por la mañana y ya no quedaba tanto mi amor y entonces sí entonces tu ya promesa viva el tiempo iba a ser de ellos. Pablo acomodaba casi con sigilo lo que había de llevar muy poco viajar casi sin nada lo mínimo mientras bajaba al primer piso en busca de algo y al llegar al descanso de la escalera ya no podía recordar qué era y volvía a subir. A ratos sentía, sin que ello estuviera del todo justificado, que jamás había de regresar y que sólo quedaría de la casa, con aquel ruido cambiante de los elementos, el recuerdo concretado en una imagen nítida pero parcial y fragmentada en el tiempo.

Sonó el teléfono. Pablo bajó al primer piso a atender la llamada.

–Ilustrísimo señor, apartado en esas ásperas soledades al borde de la mar.

Era Puco. Entonaba las palabras con una voz profunda y a la vez afectada en tono ramplón y chabacano.

–Dime, Puco, dime.

–¿Tanta premura aguijonea tu espíritu?

–Así es.

–¿Vas de salida?

–Más o menos. Quizás más que menos.

–¿Camino de la Universidad?

–Ya se acabaron las clases, Puco.

–Ah, entonces mucho mejor. Mira, no te distraigo más de la cuenta. Sé que estás ocupado. Algo me dice que estás ocupado. Respeto el retiro, la voluntad de apartamiento de mundanales ruidos, ajá. Pero el deseo de disfrutar de vuestra compañía, nos impele... –Hizo una breve pausa. –Se trata de una fiestecita en Cerro Gordo, más recogida que la última, sin turbas, sin turbas, dilecto amigo. Parece que Jorge mi socio tiene ganas de volver a discutir contigo. Después de esas conversaciones –la última, recordarás, fue en tu casa– se quedó con cuerda y se pone latoso en la oficina. Dale que dale. Mira qué cosas. Como si el impulso no se agotara del todo. No sé qué se trae en la agenda ahora. Pero me imagino que es más de lo mismo. Así es, mijo–. Suspiró.

–¿Pero de veras que Jorge quiere volver a discutir conmigo? Mira que llevamos años en eso.

–Quizás exagero, quizás. Si te digo la verdad, toda la verdad, Jorge no tiene tanto que ver con la invitación. Aunque habría que decir que cuando preguntó si venías y le dije que sí, carcajeó un poco. Tú sabes cómo es esa gente, les gusta provocar.

Pablo no contestó de inmediato. Luego aventuró:

–No sé si Jorge entiende que en realidad ya lo que íbamos a hablar lo hablamos. Volver sobre lo mismo es perder el tiempo. El no va a ver las cosas de otro modo, yo tampoco. Lo que sentí que tuve que hacer lo hice y creo que, si fuera necesario, lo haría de nuevo. Pero volver sobre lo mismo no va a cambiar un ápice. Pienso que lo que pasa es que Jorge en el fondo no perdona lo que pasó. No solamente lo desaprueba, sino que no lo perdona. Algunas veces también pienso...

Hizo una pausa larga.

–Sí, ¿estás ahí?– preguntó Puco.

–Aquí estoy. Decía que pienso que gente como esa quiere borrar el pasado, tacharlo. Es también como si quisieran limpiar las palabras, privarlas de todo peso anterior, pero no para darles vida sino para hacerlas polvo.

–En sombra, en humo, en nada –Puco hizo una pausa. Luego –Oye, pero no te pongas tan dramático. Suena profesoril. Suena pedante. Cualquiera diría que hemos entablado una discusión sobre el pecado original y sus consecuencias.

Pablo no replicó de inmediato. Luego de unos instantes dijo:

–El hecho es que no voy a poder ir a la fiesta.

–¿Por Jorge?

–Mira, Jorge, en realidad, no cuenta tanto. Es que no voy a estar a aquí.

–¿Peregrinas?

–Viajo.

–¿Por mucho tiempo?

–Aún no lo sé.

Y pensó en el rostro de Frances, muy cerca, y pudo casi sentir, en sus dedos, la tersura del cuello, y el roce de las hebras sueltas que caían en la nuca. Aquella imagen iba cobrando peso y densidad propia como si inesperadamente mediara una transformación en que se alineaban las fuerzas y, en el proceso, lentamente se fueran sentando las bases de un nuevo centro de equilibrio.

–Estás muy solo -dijo Puco. –Esa clase de soledad no siempre es buena. Me preocupa. Puede hacer tambalear a uno. Puede hacerlo desaparecer.

–También puede servir para buscar puntos de apoyo desde donde calibrar lo demás.

–Ten cuidado, Pablo. A cierta edad mejor es quedarse recogido en casita.

–Tendré cuidado. –Guardó silencio por unos instantes. –Gracias por llamar, Puco.

Luego se despidió y colgó.

Frances llegó media hora después en uno de esos taxis destartalados que a veces circulaban por las calles de San Juan. Llegó radiante, con el pelo ligeramente revuelto y una maleta muy pequeña. Creí que ibas a traer un baúl, le susurró él casi en el instante en que recobraba el aliento luego de haberla apretado contra sí largo tiempo. Lo hubiera traído para complacerte. Frances hablaba muy bajo, lo hubiera llenado de cosas sorprendentes y raras, cosas ocultas a la mirada de los otros hombres, y sujetando sus mejillas con las manos abiertas ella acercó su boca a la suya y lo mordió suavemente en el labio inferior. ¿Estás listo, saldremos pronto? Ya mismo, ya no falta casi nada. Y subió al piso de arriba para cerrar las ventanas y recoger el maletín que había dejado preparado al pie de la cama. Luego aseguró las puertas de abajo. La casa quedó casi totalmente a oscuras. En una que otra persiana tablones sueltos filtraban franjas de luz en cuyo reflejo quedaban atrapados, en intensidad de torbellino, masas de partículas de polvo que parecían girar violentamente sobre sí mismas. Desde afuera llegaba ruido de las olas confundiéndose con el del aire en las ramas de los pinos. Miró aquel espacio como si lo hiciera por última vez y, tomándola de la mano, la llevó hasta el carro.

No hablaron durante mucho rato. La carretera se extendía casi recta, con tulipanes africanos, flamboyanes y reina de las flores a cada lado, y a esa hora se encontraba escasamente transitada. Se dirigían al sur pero él había hablado de no parar allí, de seguir hacia el oeste, hasta la región de Añasco o Cabo Rojo. Al principio ella calló como si se encontrara al margen de tales decisiones, luego comentó en voz baja que de la isla era la parte que mejor conocía.

A dónde me llevas, dijo ella mirando hacia afuera por la ventanilla, el susurro oscilando entre el comentario y la pregunta. El apartó la vista por unos instantes de la carretera que ahora era tortuosa y comenzada a ascender para mirarla. Sólo podía verla de perfil y por los ojos entrecerrados y la comisura de los labios la adivinaba feliz como si leve se meciera en la atmósfera. A dónde me arrastras, susurró él antes de volver la vista al frente, a dónde me despeño, y como para asegurarse de que en efecto estuviera allí posó la mano en sus muslos. Recordó entonces unas palabras de Marisa Zorzal la última vez que se encontraron en el patio central de la Universidad.

–Te veo con los ojos extraños –había dicho– como si estuvieras ido.

–¿Qué ves? –preguntó él sonriendo y con un aire de curiosidad.

–Veo –dijo dibujando un círculo en el aire con la mano que sostenía el cigarrillo –como si estuvieras al margen de las cosas, como si no estuvieras mirando para afuera. – Y al ver que él no replicaba –Ya sé, ya sé. Pero –hizo una pausa –ten cuenta, ten cuenta de que no la estés inventando.

–Y si la inventara, y si eso fuera cierto.

Había sonreído y por un instante cerró los ojos y apretó ligeramente los labios.

–Cuidado con no perdernos en las meras palabras, Pablo– dijo ella con algo de impaciencia.

–O de encontrar la puerta que se abre a un espacio abierto.

–Fíjate bien que la puerta esa no abra en medio del mar. Ahí el espacio sobra.

Al despedirse, él sostuvo las manos de Marisa en las suyas por largo tiempo y luego, camino de uno de los edificios de administración, dio media vuelta y, como si se encontrara a una distancia de tal modo considerable que impidiera toda comunicación hablada, dibujó con la mano derecha y el brazo extendido un gran círculo en el aire.

Habían llegado a lo más alto de la carretera. El aire se sentía allí más liviano y la luz daba la impresión de propagarse con mayor intensidad. La Cordillera descendía en volutas verdes que se volvían azules en la distancia antes de terminar en la larga llanura que bordeaba el Caribe, y en las cercanías por donde avanzaban los árboles en grupos dispersos a un lado y a otro de la carretera daban la impresión, al igual que el terreno desigual a su alrededor, de estar envueltos en un hálito difuso y dorado que, borrando los contornos precisos de sus ramas, inesperadamente los transponía en un campo visual de dos dimensiones. Frances había reclinado la cabeza en el respaldo de su asiento y a ratos movía los labios como si hablara sólo para sí. Luego inclinó el rostro hacia un lado para mirarlo. Tuve la impresión, dijo ella pasándole la mano por la mejilla y el cuello, de que hemos estado siempre solos. Siempre no, él habló sin apartar los ojos del camino, lo hemos deseado y por momentos creímos que era verdad, ahora sí, ahora sólo quedamos tú y yo. ¿Me lo aseguras? Te lo aseguro. Continuaba acariciándole el cuello y ahora por encima de la camisa rozaba con la punta del dedo el hueso de la clavícula del hombro derecho. El inclinó la cabeza hasta que su mejilla tocó la mano de ella y, al calor de su piel, las formas que a través del cristal se deslizaban en el lento descenso hacia la costa, como engastadas en el aire pulido y translúcido de la Cordillera, la brisa que circulaba por las ventanillas abiertas y las hebras de su pelo revueltas por los vericuetos del viento, el fuego del sol de mediodía sobre sus manos, la certidumbre del mar allá lejos, le causaron por unos fugaces instantes, que él luchaba por retener, el ligero devaneo de la felicidad. Nunca me vas a dejar. Nunca. Repítelo. Nunca. Nunca otra vez. Nunca pensé que te iba a encontrar, dijo ella, como si te hubiera perdido antes, desde tan lejos, déjame contarte, déjame hablarte de eso porque primero fue entre unas paredes de piedra, de una piedra fría carcomida de humedad, una piedra helada y áspera que quemaba las manos, con sólo el calor de tu rostro y por qué nos dejaron solos y por qué yo me sonreí con sólo el calor de tu rostro y tus ojos puestos en mí porque ya nos habíamos olvidado de aquellas páginas protegidas por las tapas de cuero arrugado y de lo que había entre ellas y sólo la luz de tus ojos que me sostenía como si me dieran la vida porque yo había puesto la mano para marcar el papel pero el papel ya no importaba con la luz de tus ojos y por qué nos dejaron solos y yo no podía sino sonreír cómo no sonreír cómo no sonreírte porque era para ti la sonrisa para la luz de tus ojos y tú me habías de besar yo lo sabía tembloroso tú temblorosa tu boca antes de que cerraras los párpados y yo como si ya sintiera el vendaval y ya lo oyera silbar mano en mano tú y yo como espuma en el viento y lo sintiera arroparme y arrasar el tiempo y el lugar cerrara los ojos míos. No me cuentes más, ya no, ya déjalo, calla. El susurraba con la respiración entrecortada mientras buscaba con su boca la de ella y con sus manos rastreaba debajo de la seda del vestido el calor terso de sus muslos. Había estacionado el automóvil en un camino estrecho que salía de la carretera a la sombra de un árbol de pana. Las grandes hojas, que en su extremo alternaban el verde intenso con uno pálido de planta recién nacida, refrescaban el ambiente. Él no quiso mirar alrededor. No había más ruidos que el de la respiración trabajosa de ambos y el ligero crujir de la ropa que se levantaba o se apartaba con mano incierta hasta que se encontraron los dos y desapareció el automóvil y el árbol de pana y solo quedó el hálito rosado que confundía límites convertido en algo a la vez pesado y respirable.

Ahora, mientras el carro atravesaba penosamente aquel camino de arenilla gris cubierto de hoyos en dirección del promontorio que era a la vez punto de mira y extremo de la tierra, sendero rodeado de matorrales y yerbajos que, cada vez más escasos, daban paso a unas salinas cuyas superficies veteadas de cristales, yodo y arena, relumbraban rezumando un vapor delicado y deformante en el sol de la tarde, y de algún modo, el aire hecho agua, recordaban un fondo submarino, ahora sólo se mecía en la memoria, colmando sin dejar resquicio todo el campo de visión de ese ojo ausente, en un vaivén que correspondía a las curvas y a las inesperadas subidas y descensos de la carretera, el telón verde-azul que tanto había impresionado a Frances de los montes que rodeaban a Sabana Grande. No sólo a ella sino a él también impresionó aquella pared vegetal que actualizaba en su memoria los viajes de infancia de un extremo de la isla al otro y que ahora veía como barrera protectora y a la vez amenazante, como si fuera un obstáculo último que habrían de superar antes de acercarse a aquella espuela de tierra y de piedra en la costa occidental de la isla. Hacía una media hora que Pablo había encendido el aparato de radio y logrado ubicar en el cuadrante la emisora de Instrucción Pública y había disminuido el volumen hasta sólo dejar rastros de palabras y de música apenas descifrable. Ahora, un conjunto de notas de instrumentos de cuerda elaboraban lentamente un apoyo -y él estiró la mano hasta el tablero para intensificar el volumen- al clarinete que en el segundo movimiento, y en esos instantes la intuición cobró realidad y reconoció el lugar preciso en que se insertaba la secuencia, intervenía en el espacio sonoro en un registro agudo, timbre con algo de flauta, sosteniendo por una fracción de tiempo la melodía que un violín, haciendo eco, retomaría pocos instantes después. La red de sonidos que traspasaba la rejilla que cubría el pequeño altavoz era como un espejo ciego de la realidad a la que cada vez con mayor impulso se entregaban. Todo estaba allí pero nada correspondía. Era un negativo repleto de imágenes virtuales sumido en la más impenetrable oscuridad. Pero de aquella nebulosa vino, mientras las notas seguían concatenándose unas con otras, la imagen, que pudo ser en La Parguera o en el camino del Faro en que ahora se encontraban, del bosque de mangle, de las raíces torcidas y anudadas, atadas entre ellas, y los canales tan estrechos que con apenas estirar la mano se alcanzaban las ramas casi a ras de agua. Y había apagado el pequeño motor y arrimado la proa al extremo de uno de los pasadizos hasta hacerla encallar suavemente en el tejido de raíces, y ella había bajado casi sin mirar hacia atrás como quien conoce bien el paraje, y se había internado en la vegetación desapareciendo poco después entre la profusión de ramas y hojas secas de emajagua. Desde la maraña lo llamó y había transcurrido un largo rato durante el cual él se había mantenido en silencio como suspendido en el agua, la vista puesta en lo alto de las ramas, alerta, el cuerpo un nudo tenso, pendiente de la última claridad del día. Y por fin oyó la voz de ella mientras veía la oscuridad arrasar con todo lo que se encontraba al nivel del agua, y él avanzó por el bote hasta la proa y saltó a aquella especie de pasadizo de madera verde, entrecruzada y húmeda, sosteniéndose de vez en cuando en algunos de los troncos, los pies envueltos en hojas empapadas de agua salobre, hasta pisar firme en un pequeño terraplén en uno de cuyos extremos estaba ella toda desnuda con la cabeza ligeramente inclinada hacia abajo una sonrisa apenas insinuada y él de momento temeroso de no poder abarcarla con la mirada mi amor qué era aquello sintiéndose gravitar bajo el influjo de una fuerza que lo ataba a ese espacio preciso y el cuerpo de ella resplandeciente como si se acabara de bañar en las aguas fosforescentes de la bahía o sólo en penumbra las ligeras oscuridades en los pechos y aquella otra isla que era la raíz de sus muslos y la rosa oscura del amor. Amada no hay engaño cuando yo me acerque cuando ya no te vea sintiendo sólo tu aliento en mi oído y el agua de tu cuerpo y en mis ojos tu pelo y desaparezca todo y se turbe el pensamiento esto que no se acaba esto que tú me ofreces y que yo te doy la promesa hecha realidad.

Ya estamos muy cerca dijo ella aún con la cabeza inclinada en el espaldar del asiento mirando en dirección de la estructura toda blanca de cemento y piedra que servía de base al Faro. Tan pronto estacionaron y salieron del automóvil los envolvió el ruido de las olas chocando con furia contra el acantilado en forma de herradura. A sus espaldas, la tierra parecía muy lejana y en el este la tarde se fundía en oscuridad. Varios alcatraces volaban en círculo casi al nivel de las olas. El se colocó detrás de ella y la rodeó por la cintura. Todas esas horas tan largo el viaje desde San Juan sin parar mi amor dijo ella muy quedo. Ya eres mía ya no nos separamos más ya no mi amor y poco a poco empezó a hacer frío y el viento del mar se hizo más espeso y más recio y les llegó con mucha más violencia el ruido de las olas y el acantilado ahora cobró una altura casi vertiginosa y se volvió risco ante un mar helado y gris.

Capítulo XI

Las puertas de bronce reluciente silenciosamente desaparecieron a un lado y a otro y desde la cabina del ascensor, donde aún se podían respirar trazas del perfume penetrante y delicado de las mujeres que habían descendido en el piso de abajo, se divisaba un gran espacio cuya fuerte iluminación se extendía en islas, destacando detalles de la decoración en metal y madera y porciones del diseño geométrico de la alfombra mullida que se extendía de pared a pared. Al fondo, junto a dos grandes puertas de cristal en cuya superficie se leía en letras también en bronce pulido Muñiz, Bermúdez y Núñez Abogados *–Attorneys-at-Law–*, se encontraba una recepcionista que una y otra vez, en un tono bajo pero bien articulado, recitaba los apellidos del bufete antes de dar los buenos días. Juan González se acercó a ella y preguntó por el licenciado Raúl Núñez. La joven observó con discreción su atuendo, camisa de manga corta a cuadros, mahones desteñidos, bajó los ojos y le pidió que esperara un momento. Por el intercomunicador habló con una de las recepcionistas del interior de la oficina. A través de las puertas de cristal se notaba un ir y venir constante. Hombres con trajes de un corte impecable y alguna que otra mujer de igual modo cuidadosamente ataviada cruzaban de un lado a otro y, en ocasiones, se detenían por unos instantes para lo que de lejos parecía ser un intercambio de comentarios o una consulta fugaz. La recepcionista apartó el auricular y le indicó que el Licenciado estaba reunido, pero al insistir Juan ella marcó nuevamente un número de extensión y le alargó el aparato: "Es su secretaria", comentó en voz baja.

–El Licenciado está reunido. Fíjese que ya casi es la hora de almuerzo. Y después que termine con esa tiene dos más. ¿Es algo urgente?

–Depende –dijo Juan.

–¿Depende?

Había un tono de incredulidad en la voz en el otro extremo de la línea.

–Depende de muchas cosas.

–Bueno. Dígame, ¿con qué asunto está relacionada su visita?

–Es algo personal.

–Ah, en ese caso...

Dos hombres y una mujer pasaron muy cerca de donde se encontraba Juan González camino del ascensor. "Oye –dijo uno–, van a tener que apelar ese caso. Yo se lo dije a Toño y él dijo que lo iba a consultar con Raúl". "A ver si se mueve", dijo la mujer. "Pues mejor es que se apuren, que si no..." repuso el primero. Y el grupo se detuvo a esperar la llegada de uno de los ascensores.

–Dígale –dijo Juan luego de detenerse unos instantes a pensar– que se trata de Gerónimo Miguel Chaves.

–¿Licenciado?

–No, póngale –e hizo una brevísima pausa– profesor. Y le doy mi teléfono por si acaso usted puede llamarme.

Le dictó el número y colgó.

El grupo de tres ya había bajado y ahora un conjunto de unas ocho o diez personas, todas con portafolios, había salido por las grandes puertas de cristal y esperaba, junto a Juan, la llegada del ascensor.

–Chico, que revolú se va a formar aquí –dijo uno de los más jóvenes.

–Bueno, parece que ese es el único tema de conversación del mes. Volvemos al único tema –dijo con un aire de resignación uno de los de mediana edad que estaba a su lado.

La campanita sonó y el grupo se desplazó hasta el ascensor en cuyo umbral se había encendido una luz. Las puertas se separaron de par en par, todos entraron y la cabina empezó a bajar.

–Ningún revolú –comentó con firmeza uno de los mayores–. Toño se las sabe arreglar muy bien.

–Bueno, es que como don Fernando Bermúdez el pobre está ya que se arrastra. Y si don Raúl se va –dijo el que había hablado primero.

–Ningún revolú –reiteró el hombre más viejo–. Toño Muñiz se las sabe arreglar muy bien. Además ese nombramiento de "sub" en Justicia que se dice que le van a ofrecer a Raúl en Washington no es nada seguro.

–Y él que está que se pirra –comentó otro. Y rieron todos.

–Que se pirra, pero no es nada seguro –dijo el mayor.

Las puertas se abrieron en el gran lobby de mármol crema y el grupo que bajaba se disolvió en el inquieto trajín de gente que giraba en dirección de la calle.

Aún antes de salir de Isabela, a Juan González le pareció evidente que tendría que recurrir a Raúl Núñez. La mención que había hecho don Memo del incidente en Corea y, sobre todo, las alusiones a un acto de ineptitud o de cobardía de parte de don Miguel le produjeron un malestar especial porque no cuadraba, como ya ahora tantas otras cosas, con aquella seguridad en sí mismo y la capacidad para hacer decisiones sin grandes titubeos que Juan había podido observar en el profesor durante el tiempo que tuvo trato con él. Pero, claro, había tanto que no se podía acomodar con facilidad, y pensó en el muchacho de grandes bigotes que a la vez era amigo y enemigo de don Memo.

Tanto que se oculta a la mirada de los otros. Aquellos cuentos, por ejemplo, de Amelia Sánchez relacionados con los arrestos de la parada 15. Juan ahora recordaba haber escuchado otros comentarios aislados en torno a un activismo político de juventud, pero luego, fuera de una convicción que se expresó en ocasiones marcadas y bien visibles (una marcha de protesta, la firma de una carta en reclamo de los derechos de soberanía e independencia), todo parecía indicar, todo daba a entender que don Miguel se mantenía desde hacía muchos años al margen de la enconada refriega de partidos. Todo daba a entender, todo parecía indicar, pensó Juan frente al guía de su automóvil momentáneamente detenido ante la luz roja de una intersección. Y luego –y el automóvil arrancó con impaciencia– las habladurías de algunos estudiantes relativos a la alumna cuya mirada se tornó de ardiente en vidriosa en el transcurso de las últimas semanas de un semestre y que lo visitaba con insistencia en su oficina con el fin –con el pretexto, murmuraban unos cuantos, puesto que era él quien la citaba a entrevistarse por largo tiempo a puertas cerradas –de realizar consultas sobre una monografía y que, concluido el año académico, se dio de baja sin que mediaran explicaciones de clase alguna. El rey Lear de discoteca, el rey Lear metido a galán de la novela de las cinco. Y la historia de Amelia Sánchez. Y esas salidas de noche, puntualmente reiteradas, como si respondieran a una obsesión, diz que para trabajar en un vaya usted a saber qué "proyecto". Y vaya uno a saber con quién se estaba juntando. Claro, todo en secreto. Pero de todas las alternativas que ahora repasaba, el turbio incidente de Corea le pareció el más extraño quizá porque, como ya había pensado antes, era el que menos encajaba con los modos de ser y actuar de la persona que había conocido. La aureola de vergüenza que había destacado don Memo luego de la fuga del coreano, la contrición y el silencio ante un hecho que pudo haber sido sólo uno de tantos incidentes que se producen en el transcurso de una guerra, le causaban una ligera incomodidad. Raúl

Núñez, un amigo tan consecuente por tantos años, quizá podría aclararle algunas cosas. Pero a Nora no le hablaba desde antes de la visita a don Memo en Isabela, desde la llamada de Mayagüez y la noticia del escalamiento, y era a su casa donde ahora se dirigía.

La puerta que daba a la sala y la única ventana que abría desde el comedor estaban herméticamente cerradas. Entrelazando los dedos en la reja llamó con voz recia dos, tres veces, tratando de vencer el urgente discurso del locutor del radio de los vecinos proclamando asaltos, arrestos de narcotraficantes, vistas legislativas y chismes políticos. Pero no había respuesta alguna. Llamó una cuarta vez, fuerte, y una vecina de la casa del lado, con un camisón azul bastante desteñido y chinelas, se acercó a su balcón enrejado y lo observó con un aire de desconfianza y desaprobación. Pero ya en esos momentos Nora abría la puerta y con un manojo de llaves se disponía a quitar los candados del portón.

Juan González se sorprendió un poco al ver a Nora. Mostraba un aire general de desaliño, la cabellera a medio peinar y evidentemente se había vestido con prisa puesto que varios botones del traje habían quedado sin asegurar y otros no coincidían con los ojales que les correspondían. Ella lo dejó entrar en silencio y con un gesto le indicó que pasara a la sala.

–Ha pasado lo peor –dijo sin mirarlo luego de acomodarse en el taburete del piano.

–¿Cómo lo peor? –preguntó Juan experimentando un ligero sobresalto.

–Llegó otro de esos mensajes.

El decidió no preguntar porque ya ella se había levantado y caminaba en dirección de las habitaciones al fondo de la casa. Pocos minutos después regresó con un sobre que puso en manos de Juan. El sobre era, a diferencia del primero, tamaño carta y mostraba que había sido manejado con premura o con descuido. Tenía una gran mancha borrosa y negruzca en el extremo inferior a la derecha, como del talón de un zapato y, por las arrugas en esa parte de la superficie del papel grueso, se podía inferir que en algún momento esa porción se había mojado. Dentro, el mensaje venía dispuesto de modo análogo al anterior, pequeñas tiras con las palabras previamente impresas alineadas y adheridas a una superficie de mayor tamaño con una pega de tan mala calidad que encogía y tostaba las áreas donde los dos planos hacían contacto. Esta vez, sin embargo, había una excepción. Hacia el final del texto se podía ver un par de renglones cuyos caracteres no correspondían al tipo de imprenta sino a los de una máquina de escribir.

–Este tampoco vino por el correo –dijo Juan examinando el sobre–. ¿Dónde lo dejaron? ¿De nuevo en el buzón que da a la calle?

–Imagínate. Lo han dejado tirado en el balcón. Debió de haber sido en la madrugada porque lo encontré al salir a buscar el periódico por la mañana. No sé cómo se han arriesgado.

Juan se quedó pensando unos instantes como si intentara extraer sentido de un acto que momentáneamente le pareció de desparpajo o de descuido mayúsculo. O bien, todo era una broma, en cuyo caso el cúmulo de hechos se reducía a un juego elaborado. Pero, ¿quién lo había ideado y con qué fin? Y sin embargo, y a pesar de aquellas pocas circunstancias que delataban improvisación o resabios de aficionado, las apuestas le parecían demasiado elevadas como para que todo se redujera a un mero intercambio de fichas en un tablero. Con ambas manos estiró el papel y se dispuso a leer.

Has metido otra gente CONDENADA *Vienen complicaciones Todavía* VIVO *Por ahora no hablar ni moverse*

MIENTRAS
había transcurrido un largo rato
durante el cual él se había mantenido
en silencio como suspendido en el agua,
la vista puesta en lo alto de las
ramas, alerta, el cuerpo un nudo tenso,
pendiente de la última claridad del día.

Habían sacado la palabra *CONDENADA*, muy disímil del resto de la secuencia, de las grandes letras rojas de un titular de periódico –y no fue difícil imaginar una variante de la frase completa tal como hubiera aparecido en el diario "CONDENADA A DIEZ AÑOS..."– al igual que *VIVO*, también impresa en grandes caracteres aunque esta vez negros. Con un bolígrafo de tinta también negra añadieron la *s* de "has". Era evidente, por las sombras que se veían esparcidas por el texto, que los últimos renglones en letra de máquina de escribir eran una fotocopia de mala calidad. Juan dobló cuidadosamente el papel con el mensaje, lo introdujo en el sobre y se lo entregó a Nora.

–No sé en realidad por qué ha dicho que ha pasado lo peor. Está vivo, ahí lo dice.

–Me han acusado de haberte metido a ti en el asunto. Me han marcado y no me piden nada a cambio –hizo una pausa breve–. Después, ese parrafito al final, con las ramas y la última luz, no lo entiendo y, ay Dios mío, me da miedo.

–En realidad, nunca hemos sabido qué es lo que quieren a cambio, suponiendo que quieran algo.

–A lo mejor ya tienen lo que querían. A lo mejor lo que querían era a Gerónimo Miguel.

–Entonces, ¿para qué los mensajes dirigidos a usted? Y sobre todo, ¿para qué quisieron sacarle de la casa y meterse a robar?

–Tú sabes que nunca supe si se llevaron algo. Y si algo

se llevaron... –se quedó pensativa por unos instantes– fue como si no se lo hubieran llevado, porque de hecho yo desconocía la existencia de ese algo. Si ha desaparecido algo, ese algo para mí nunca estuvo allí.

Juan González se sintió súbitamente cansado. Acomodó los antebrazos en las rodillas, entrelazó las manos y se inclinó hacia el frente. Ante su vista se extendió el panorama de las impecables losas de terrazo con puntos negros salteados. Suspiró. Nora carraspeó y ahora habló un poco más alto.

–Y si encontraron ese algo que yo no sabía que estaba allí se lo han llevado para juntarlo con él, para que no quede rastro de ninguno.

–Tanto pesimismo, no. No supongamos demasiado.

–¿Suponer? –Y en la tensión de la voz de Nora se podían adivinar múltiples fisuras–. Pero si ya ves que estoy marcada. Me han marcado con él.

Eso es lo que la preocupa, pensó Juan, que la identifiquen con el otro, que la marquen. Ella no rompió los platos. Todo hubiera caminado mejor si la hubieran mantenido rigurosamente al margen.

–He pedido una cita para hablar con don Raúl Núñez –dijo él.

–Magnífica persona y buen amigo. Se ocupó de Gerónimo Miguel y de sus compañeros cuando los problemas aquellos de los arrestos. Si no se mueve Raúl, se pudren todos en la cárcel. Eso, a pesar de que él no estaba nada de acuerdo con las ideas de ellos. Y después que regresaron de Corea, Miguel y yo para casarnos y las cosas en el Universidad regulares y nada seguras, Raúl le ofreció un trabajo a Miguel.

–Pero si él no es abogado.

–No, de abogado no. Era una ayudita en el bufete, una especie de eso que llaman ahora paralegal. Pero con un sueldo bueno, en realidad muy bueno. A Gerónimo Miguel, sin embargo, no había quien le hablara de eso.

–Don Memo Herrero me contó en Isabela de un incidente en Corea. Parece que les tocó a ellos dos juntos.

–A Gerónimo Miguel no había tampoco quien le mencionara eso. Una de las pocas veces que vino de visita Peyo Miranda, que también estuvo con ellos por allá, y aunque es un bebedor de verdad, a mí me cae muy simpático porque es un bromista de esos que siempre tiene algo que decir, y luego de tomarse solito casi una botella entera de ron le dio con hablar de Corea. A Miguel le cambió la cara y se puso muy tenso. En los momentos en que yo me levantaba para buscar más sandwiches en la cocina, Peyo se inclinó hacia el frente y le preguntó si se acordaba del "chino aquel" y pude notar que a Gerónimo Miguel, que tenía cogido un vaso, le empezó a temblar la mano. Cuando regresé, Peyo Miranda estaba en el portón de salida, diciendo que no lo querían y que no volvía más. Gerónimo Miguel mudo. Peyo, antes de salir, ya muy borracho, se paró frente a Miguel, lo miró y lentamente bajó la cabeza, luego, le dio un abrazo largo y silencioso al que mi marido no correspondió. Yo creo que se fue medio compungido en su borrachera y Miguel, cosa que nunca hacía, se quedó bebiendo solo en el balcón y por primera vez en años, también se emborrachó.

–Hablaré con don Raúl, si me recibe.

–Claro que te recibe. A Miguel Ángel lo recibió hace un par de meses porque Raúl es el abogado de la cadena Unimundo y Miguel Ángel está loco, pero loco por conseguir un empleo en una de esas estaciones de televisión. Por eso, le ha dado con vestir como viste, con lo cara que está la ropa. Pero Raúl te recibirá. Ya te hablé de lo ayudador que es.

–Así sea –dijo Juan González poniéndose de pie–. Tengo que regresar a casa porque estoy esperando esa llamada.

Nora lo acompañó hasta el portón. Era evidente que la conversación había ejercido en ella una influencia benéfica. Mientras maniobraba con el manojo de llaves para abrir el candado de la entrada, preguntó con una timidez casi infantil:

–¿Verdad que a mí no me va a pasar nada?

–No, nada le va a pasar –dijo sin que mediara otra intención que la de tranquilizarla–. Nos llamamos.

Y camino del carro cayó en cuenta por primera vez que Nora en ningún momento se había preocupado por lo que le pudiera ocurrir a él, a Juan González.

Capítulo XII

El viento no cejaba. En las tierras que bordeaban el acantilado la vegetación crecía muy cerca de la superficie, desigual y escasa, como buscando protección del ímpetu del aire y del salitre. Bajo una cubierta maciza de nubes, el frío húmedo que azotaba la costa parecía fundirse con todo lo que hallaba a su paso. Desde hacía ya largo rato, caminaban con prisa, casi a punto de correr, exhalando un vaho tibio, en busca de la carretera que ella intuía estaba cerca pero la llovizna menuda que había empezado a caer sin que ellos apenas se dieran cuenta y que cubría el campo con el espesor de una neblina, oscurecía la vista y trastornaba el sentido de dirección. Treparon por encima de una pequeña valla de piedra y llegaron al borde del camino donde no parecía haber tránsito alguno. Sujetos de la mano estuvieron un tiempo caminando a un ritmo más lento, el pelo empapado por la lluvia, las cejas ya sin lograr detener el flujo de gotas que corría desde la frente y la punta de la nariz hacia abajo, hasta caer en las bocas abiertas por la falta de aire. Oyeron un ruido a sus espaldas y luego una única luz difusa y amarilla se fue acercando hasta detenerse junto a ellos. El vehículo apenas se podía distinguir y el hombre que lo conducía ocultaba su rostro bajo un gran sombrero negro tipo cordobés. Habló en un idioma con abundancia de vocales que él al principio no reconoció. Ella respondía lentamente en francés buscando las palabras como si las tuviera que extraer de lo más recóndito de la memoria. Ven ya nos lleva ya ves que dice que va en esa dirección. Antes de subir a la parte de atrás que no parecía tener comunicación alguna con la de enfrente él pudo observar una boca deforme como si hubiera sufrido un grave accidente y del que no le había sido dado recuperarse del todo.

Te fijaste dijo él luego de acomodarse en el asiento tapizado en tabletas de cuero duro y de escasa flexibilidad que casi no cedía bajo el peso de ambos. Te fijaste. Yo no sé ni cómo puede hablar. No le hagas caso dijo ella reclinando la cabeza en su hombro izquierdo y cerrando los ojos nos lleva y desde donde está no nos ve. El vehículo comenzó a rodar inclinándose suavemente a un lado y a otro como si la cabina de pasajeros estuviera sostenida por una armazón demasiado muelle. Las ventanas estaban tapiadas o era la neblina que de tan espesa opacaba los vidrios. Se entregaron al vaivén unos instantes. Luego él oyéndola respirar muy cerca comenzó en la oscuridad a palparla y poco a poco a liberarla del peso de la ropa mojada a la vez que desechaba la propia para respirar en la oscuridad el olor de los cuerpos que aún rezumaban humedad. Sus labios bajaron hasta los pechos de ella minuciosamente explorando la piel suave hasta llegar al ámbito protuberante y rugoso estamos llegando al centro mientras piernas de un vello intrincado se deslizaban sobre las piernas lisas y las manos se buscaban y se entrelazaban y ella sentía que él entraba y él tomándola por la cintura se deslizaba hacia lo profundo y levemente desvariar y por unos momentos olvidar y perderse.

El chofer dio varios golpes en el panel que lo separaba de la cabina de atrás. Ya estamos dijo ella vestida de un todo. Bajaron a la acera en cuya superficie húmeda relucía, como si fueran manchas amarillas dispersas, el reflejo mate de los focos que bordeaban la avenida sembrada de árboles. Una turba de gente se deslizaba a su alrededor. No lo mires dijo él sujetándola por un brazo no lo mires con esa boca horrible pero ella no parecía escuchar y se dirigía hacia la entrada en el otro extremo de la acera que era muy ancha con la pequeña marquesina en cuyo techo se encontraban dispuestas en curvatura las letras Hotel de l'Est.

Las paredes de la habitación estaban recubiertas de un papel floreado blanco, rosa y azul y sobre los recuadros de cristal de las ventanas caían unas cortinas de encaje amarillento cuyo fin aparente era matizar la luz ya muy débil que venía del exterior. Hacía frío, los cuerpos buscaban la protección tibia de los edredones y, bajo las cubiertas, la cercanía uno del otro. Respiraban acompasadamente mientras de fuera les llegaban, tenues y casi irreales, como si los estuvieran soñando, ruidos intermitentes del tráfico de las avenidas. Aquella vez que nos encontramos dijo ella con los ojos cerrados sólo nos vimos por unos minutos todo tan rápido todo tan fugaz en medio del tumulto de la estación con las portezuelas que se abrían y se cerraban y el eco del gentío y los roces metálicos en aquella gran caverna. Sí, pero el tren quedó abolido. Además yo creo recordar que era un día soleado. No, frío, replicó ella y ya yo sabía y ya tú sabías que todo estaba dispuesto que todo había de seguir un camino como si el final ya estuviera allí también y de algún modo lo intuyéramos pero no dijo él el final no estaba allí ni nos podía incluir a nosotros no porque eso que recuerdas es sólo un recuerdo y es sólo tuyo y que lo comparto cuando me lo cuentas nada más el ruido susurró ella de la gente me aturde y las nubes de vapor helado suben en volutas como si quisieran borrar el mundo sí borrar el mundo hasta aquel techo curvo de cristal aquella bóveda porque algo debió de haber pasado por las carreras y el susto y los comentarios pero no volvió a repetir él el mundo está aquí y nos dirigimos a otros lugares es la ciudad lo que te turba son sus excesos recuerdas demasiado y deslizando su mano hasta el bajo vientre quiso buscar la presencia de ella que súbitamente devolvía con su boca los requerimientos suyos y el calor de las sábanas y los dedos que buscaban los puntos sensibles y el olor de unas flores que habían estado allí todo el tiempo sin que él se diera cuenta de ello o era el perfume del pelo que caía detrás del oído ambos recibieron el calor de un sol que era como un fuego que no quemaba y era ciego y los iluminaba.

El vehículo se había detenido junto a una acera muy ancha en la que circulaba una gran cantidad de gente. A intervalos, en la superficie húmeda, se podían observar los reflejos amarillos de los focos dispersos entre los árboles que recién retoñaban. Bajaron y ella habló por unos instantes con el hombre cuyos ojos quedaban ocultos bajo el ala del gran sombrero negro mientras él se esforzaba por no mirar la boca deforme y como deshilachada que emitía sonidos con estridencia de vocales. Caminaron hasta el pequeño vestíbulo a cuya entrada se leía en grandes letras blancas Hotel Etoile. El tramitó casi en un balbuceo los arreglos indispensables y luego subieron al primer piso. La habitación era pequeña y sólo se podían desplazar dentro de ella con dificultad. Un papel amarillo muy tenue con unos diseños color oro en bajo relieve cubría las paredes y frente a los cristales de las ventanas pendían unas cortinas de encaje blanco marcadamente deterioradas. Hacía frío y se desvistieron con prisa. Estuvieron largo rato bajo las sábanas, los cuerpos uno junto al otro, mirando el techo, absortos, escuchando los ruidos de la ciudad. Luego él se dio media vuelta hacia ella y con su mano buscó el bajo vientre y la boca de ella respondía a sus requerimientos y las puntas de los dedos rastreaban las zonas más sensibles y se sintieron envueltos en un calor que les infundía vida y que era a la vez protector.

Luego, ella se había envuelto en una sábana y encima había colocado una de las colchas con flecos polvorientos que había caído del extremo de la cama al suelo. Se había sentado al borde de la ventana cerrada y dirigía la mirada a través de las cortinas de encaje hacia afuera. Para mí que tanto lo deseé en silencio dijo París es una ciudad llena de fantasmas de recuerdos musitó él desde la cama de fantasmas insistió ella como si estuviera muerta como si todo ya hubiera pasado y sólo quedaran los árboles y los muros de un delicado color perlado sombreados de negro dijo él pensando en el río y las hileras de árboles que lo bordeaban y en el aire vibrante como con un olor a lluvia de la primavera nada es presente dijo ella nada es presente para tí susurró él una vez más desde la cama sintiendo que los recuerdos palpitaban frente a sus ojos aunque estuvieran más allá de los cristales y fueran de otro pero ella aún menos su presencia desmentía toda distancia y su rostro inclinado hacia un lado la sien izquierda apoyada en el marco del cristal y el pómulo y la curvatura de una ceja como el arco delgado de la luna nueva y el cansancio del amor en las comisuras de los labios y las pestañas juntas cómo no prodigarte el aliento de felicidad que siento cómo no rodearte con el hálito de mi respiración y ahora yo apartando las sábanas te esperaba dijo ella sin abrir los ojos te esperaba.

Este viaje demasiado largo al sur dijo ella como si estuviera a punto de asfixiarse junto a sus oídos mientras de vez en cuando sentimos el vaivén brusco del carromato y al frente en el pescante y a trasluz el sombrero negro parcialmente impide la vista hacia adelante ya no debe de faltar mucho ya debemos de estar muy cerca y apoyo mi frente bajo tu barbilla y siento rozar contra mi piel la barba incipiente que ya olvidas cuidar cada mañana como yo olvido peinarme y abandono mis ojos y mis labios a la suerte del día porque están allí sólo para tí para que tú dispongas de ellos para que me hagas olvidar que toda distancia se esfuma y ya casi hablo por tu boca mi amor y ya a veces espero pacientemente que tus labios redondeen lo que pienso te has fijado que el olor del aire ha cambiado y la luz se ha hecho más viva aquí en donde estamos y todo tiene mayor definición y un tamaño más justo mientras busco con mi mano la estrechez de tu cintura y te oigo respirar lentamente bajo mi barbilla allá no muy lejos ya se ven las muchas torres y las murallas de la ciudad porque ya estamos cerca de qué hablas no te inquietes no temas ya están las murallas y el gentío cómo se agita allí en aquella explanada junto al río en El Arenal de Sevilla no temas.

El aire es muy dulce y suave y ha de hacer silbar a los álamos y las ramas tan acompasadas moviéndose en la luz de una tarde límpida de abril pero tú no lo sabes no lo sabemos no tenemos nada que contar qué me dices qué me dices ni tú ni yo porque lo único que conozco ahora es tu boca y el aire que hincha mis pulmones y que estremece la sangre y la hace brillar y despeñarse sólo eso lo demás se ha detenido oye el ruido de la gente las quillas en el aire los árboles a medio desbrozar junto al río y el olor a brea y a la fibra de cuerdas dile al que no quiere mirar a los ojos que debe quedarse aquí no le mires la boca y dile que mejor no entre que se quede aquí hablas como si sintieras piedad vamos y no le temas a esa turba que se acerca con las manos extendidas los dedos encorvados y las llagas y nubes manchando lo que está bajo los párpados haciendo del ojo un hueco blanco y opaco por allá por el lado de los que están arremolinados alrededor de las barajas y gritan y algunas mujeres pintadas como pájaros raros nunca vistos del otro lado del agua del otro lado del aire del otro aire se cuelan en el gentío y te fijaste en el negro alto con la **s** tatuada en la mejilla y el clavo dibujado también y el otro más claro con la rabia apretujada en la mirada deja que se acerquen y los muchos bultos al lado del río muy bien guardados todavía con el olor a mar la basura que casi llega hasta lo alto de los muros sácame de aquí hemos llegado ven por la Puerta de Jerez cerca de la Torre del Oro te aprieto el brazo fuerte y oigo tu respiración trabajosa hemos entrado en la ciudad el ruido aturde menos sólo hay que dejar paso a los hombres montados con esas ropas tan ricas y tan bien trabajadas y aquel carro tirado por mulas con mujeres adentro siento tu cuerpo duro contra el mío y quiero saber qué buscas busco un jardín allá más abajo no apartes tu mano pequeña de la mía por esa calle tortuosa y los altos muros hasta la Calle de la Sierpe y los palacios con sus piedras doradas y los jardines que no vemos pero cuyo perfume llega en ráfagas sólo el perfume oye la profusión de lenguas sólo te oigo a tí mi amor y sé que cuando hablas pienso que los otros ni siquiera te oyen me da mucho miedo no temas ya estamos en la Calle Génova ya se anuncia lo porvenir desde ahí nos llega el esplendor y el veneno y más allá luego de la plaza de San Francisco cómo pasar de la una a la otra ah sí esa otra pequeña y luego la Calle de la Sierpe y buscar allí tentando las paredes hasta encontrar la casa de Nicolás de Monardes y su jardín y su oscuro jardín no para nosotros no mantente cerca mi amor es túpido y umbrío y las flores abren mudas prendidas a la noche sólo eso con las matas de Michoacán y de la Española y el perfume tan suave y penetrante y nunca respirado aquí nos perderemos nos perderemos el muro está ciego la puerta está aquí deja la turba a un lado deja que pase trae tu mano y hurga en el postigo ya qué silencio sólo te oigo a tí respirar solo a tí te oigo y el silencioso paso del perfume como si flotáramos en la oscuridad viajamos qué silencio entre estas paredes guarda el silencio guárdalo que es precioso que tiene el peso de una piedra curativa y nos movemos como si no tocáramos la superficie al patio abierto desde donde se puede ver el fuego antiguo de las constelaciones y el flamboyán y el roble florecido y el tulipán de África y la yerba recién cortada y las voces de ellos que me llaman y el sol que brilla entre el encaje tan verde de las ramas y ahora con gesto acompasado vamos dejando la ropa mientras los labios se buscan y los cuerpos se alargan aquí en esta noche tan negra interminable y los brazos que se entrelazan y adquieren la tenue rugosidad de la corteza y los pies que abandonan su dependencia de la superficie y echan hilos aquí en el mangle como si fueran raíces aéreas y es una sola voz ni adentro ni fuera el sonido y el eco son una sola cosa y el aire es único y no comparable a ninguno y es otro y es ahora y tiene perfume de mar tibio y reverbera por el camino encendido el aire donde anida la promesa y los oscuros movimientos de la germinación

CAPÍTULO XIII

Abrió la puerta de entrada a su apartamiento en Isla Verde y de inmediato se sintió envuelto en la corriente de aire frío que fluía por el umbral hacia el pasillo. Agradeció mentalmente la decisión de no economizar, de dejar prendido el aire acondicionado al salir a la calle temprano esa mañana. Luego de cerrar la puerta tras sí, Juan González entornó los ojos mientras sentía la rápida evaporación del sudor y la grata sensación de frescura en la piel. Se dirigió casi a ciegas a la butaca colocada al lado del cristal del balconcito. Se dejó caer en ella. Estuvo así largo rato, con los ojos cerrados, respirando pausadamente. Luego, al levantarse para buscar en la cocina algo fresco de tomar, notó en el suelo cerca de la puerta un sobre blanco. Se inclinó a recogerlo. Estaba dirigido a Juan G. y se mostraba al tacto ligeramente arrugado. Era evidente que lo habían hecho pasar por debajo de la puerta y que, al entrar, él no lo había visto. Debió haberle pasado por encima porque en la superficie del sobre se veían marcas de zapato. Lo abrió. El mensaje estaba escrito con un bolígrafo azul oscuro y, por la letra de tamaño desigual, parecía estar redactado con prisa. "A lo mejor no te acuerdas de mí. Soy amiga de Isabel y nos conocimos una vez que fuiste al Centro. Isabel regresó y está en la casa de retiro de Adjuntas a cargo de un grupo nuevo. Ella quiere que lo sepas." La firma era de una tal Hilda a quien en verdad no recordaba. Guardó la carta en un bolsillo de la camisa y siguió camino de la cocina. Luego, con una lasca de jamón doblada en cuatro en una mano y una cerveza en la otra, se trasladó al balconcito desde donde, por un costado, se podía ver el mar. Mientras tomaba los primeros sorbos de la lata dejó que su mirada vagara plácidamente por el área de la playa. Un grupo de palmeras que el viento movía con indolencia separaba el edificio de la arena y a esa hora las sombras de sus ramas se deslizaban con lentitud de un lado a otro de la superficie. Por qué no llamaría ella, pensó mientras saboreaba el jamón, o por lo menos pudo haber escrito ella misma la notita esa. Y qué pronto ha regresado. Qué pronto. Levantó la vista y comenzó a repasar los pisos del edificio cercano. Su apartamiento, con relación a la costa, estaba orientado a un ángulo tal que, si casi de frente y un poco a la derecha se encontraba el mar, al sesgar la mirada hacia la izquierda los ojos topaban con aquella gran mole de cemento y cristal que habían construido a unos cincuenta metros de donde se encontraba, un multipisos donde cada apartamiento parecía tener, al igual que el suyo, un balcón privado. Cortinas de distinta índole cegaban los cristales de muchas de las viviendas mientras, en las otras, al no tener nada que tapara los cristales de puertas y ventanas, se podían observar de vez en cuando figuras en movimiento. No la han dejado, volvió a pensar, debe ser que no se lo han permitido. Escurrió la lata de cerveza y lentamente la apretó por los extremos hasta doblarla en dos. Carajo, dijo por lo bajo. Y la casa esa en el campo de Adjuntas. Una vez había tenido que llevarla a una de esas "sesiones de retraimiento" pero ahora no se acordaba bien cómo llegar. Tendría que llamar al Centro y fingir que era uno de los adeptos para que le dieran la dirección. Carajo, y después...

El teléfono sonó y Juan supuso que era la llamada que había estado esperando. Entró y descolgó el audífono.

–Con el señor González, por favor –dijo una mujer con voz meliflua.

–Soy yo.

–Un momentito que el licenciado Núñez quiere hablar con usted.

Y luego de unos segundos:

–Buenas tardes, señor González. Sé que estuvo usted esta mañana a verme.

Raúl Núñez tenía una voz grave y estaba de tal modo bien modulada que al oírla causaba una grata sensación de seguridad y sosiegc.

–Lamento de veras no haber podido recibirlo. Usted se imagina, aquí el trabajo es mucho y las decisiones siempre apremiantes. No es factible posponer nada.

–Supongo, sí.

–Tengo entendido que traía usted un mensaje de mi viejo amigo Gerónimo Chaves.

–En realidad, mensaje no. Parece que su secretaria no...

–Ah –lo interrumpió y se detuvo como si algo lo hubiera tomado por sorpresa–. Se sabe tan poco de él. Pasan los meses y hasta los años y él en ese aislamiento en que ha escogido vivir.

Juan González creyó percibir en su voz lejanos asomos de lamento y hasta de nostalgia y se sintió momentáneamente cohibido. No creía prudente, pensó, dar información alguna por teléfono y a la vez intuía que estaba quitándole tiempo a quien sabía lo atesoraba minuciosamente. Raúl Núñez retomó la palabra.

–Bueno, quizá después de todo, no se trate de una visita de cortesía. ¿No es así?

–Así es.

–Ah, entonces –volvió a exclamar por lo bajo e hizo una pausa–. Mire –continuó luego en una voz ecuánime y reconfortante–, aquí en la oficina hay un ajetreo constante. No hay quién pueda. Estoy en un entra y sale de reuniones que da miedo. El día de mañana, en cambio, me lo voy a regalar. Tengo que revisar la lancha en Palmas porque saldremos de pesca un grupo de amigos con mi familia la semana que viene. ¿Qué te parece si das una vuelta por allá?

Y sin esperar confirmación de la visita, añadió:

–¿Sabes cómo llegar a Palmas? Habrá un empleado mío a las 10:30 de la mañana al lado del restaurant, el que está frente a la Isla San Miguel. –Luego, indicándole que la persona que enviaba probablemente tendría puesta una camiseta amarilla, le dio una descripción de su físico–. Bueno, entonces mañana –y a Juan escasamente le dio tiempo de asentir antes de que el otro se despidiera y colgara.

Juan pensó en buscar el traje de baño, cambiarse y bajar un rato a la playa. Qué cosas, pensó, mientras revolvía la gaveta donde de ordinario colocaba la poca ropa de playa de que disponía. Raúl Núñez pensando que yo le traía noticias de don Miguel y Nora que me dijo que Miguel Ángel estuvo a verlo no hará ni dos meses. En ese instante sintió como si en su cerebro se le dispara una súbita iluminación. Miguel Ángel, con sus habituales subterfugios, con sus -a mi no me vengan a hablar de eso-, con las ínfulas de ser *his own man*, le había escamoteado a Núñez toda información en torno al padre. Qué hijo de puta, pensó mientras se quitaba la camisa y la tiraba enrollada en una esquina. Luego se quitó los pantalones y se ajustó el traje de baño. Ya con una toalla al hombro, disponiéndose a salir por la puerta, sonó el teléfono de nuevo.

–Mira, mira, mira.

Era Miguel Ángel y había un filo de impaciencia y rastros de enojo en su voz.

–¿En qué te puedo servir? –preguntó Juan con algo de sorna.

–Hay que aprender a no meterse en lo que a uno no le importa.

–Eso dice la gente que sabe. Reglas sabias.

Miguel Ángel no habló por unos instantes, como si buscara tiempo para recoger sus pensamientos.

–Reglas mierda –dijo, y casi de seguido añadió–: Bueno, mira, perdona. Mira, perdona. Mejor es que hablemos.

Juan no ofreció réplica alguna.

–Mejor es que hablemos –repitió el joven Miguel.

–Tú piensas que no hay más remedio, me imagino, que tendremos que reunirnos.

–Check.

Juan se rascó la sien derecha.

–Si quieres pasar por acá tendrá que ser más tarde, yo bajo ahora a nadar un rato. Dentro de una hora, más o menos, estoy de vuelta.

–Bueno –Miguel Ángel hizo una pausa–. No sé dónde tú vives.

–Yo...

–Mejor –interrumpió el otro pero ahora en un tono conciliatorio– donde nos encontramos la última vez. A las nueve.

–¿Tan tarde?

–Mejor a las nueve, a esa hora todavía la música no está tan fuerte.

Una vez dentro del local notó que la iluminación en el área del bar era sensiblemente más intensa que la noche que había ido, en compañía de Isabel, a ver a Miguel Ángel. En la sección donde se encontraba la mayoría de las mesas, en cambio, predominaba una penumbra suave, con unos cuantos spots dispersos sujetos a la armazón del techo proyectando islas de luz y el humo del cigarrillo que daba al aire una textura aterciopelada. El lugar, en general, se veía mucho menos congestionado que la vez anterior y los mozos se movían con menos apremio, en ocasiones, incluso, deteniéndose a conversar con grupos de clientes. Juan González recorrió con la vista el lugar en busca de Miguel Ángel. Lo ubicó en una mesa algo apartada en un área de escasa iluminación y donde el sonido de la música era mucho más tenue. Junto a él y mirando al techo, como si estuviera aburrido, se hallaba el hombre calvo y grueso cuyo nombre o apodo, recordaba ahora Juan, era Champolo. Miguel Ángel tenía un vaso en la mano y, ligeramente inclinado hacia un costado, hablaba en una voz que debía de ser bastante alta, porque aún de lejos se notaba el esfuerzo, con dos muchachas sentadas en una mesita relativamente cercana, conversación que en un momento dado culminó en una gran explosión de risa. Ya muy cerca, Juan reconoció a una de ellas, con su pelo largo ensortijado, los ojos brillantes y la boca pequeña. Era aquella que había estado en la barra, en ocasión de una visita anterior, al lado de la que parecía muy amiga de Miguel Ángel y a quien él se detuvo a mirar durante unos instantes por encontrarla especialmente llamativa. Camino de la mesa del joven Miguel, al pasar muy cerca, la muchacha, sin levantar la mirada, dijo "hola" a lo cual él replicó de igual modo, y, como las mesas en ese sector se encontraban una muy cerca de la otra, al pasar entre ellas sintió la presión del codo de la muchacha contra uno de sus muslos.

–Siéntate, chico, siéntate.

A pesar de que sus gestos tenían aquella brusquedad que últimamente lo caracterizaba, la voz de Miguel Ángel no mostraba los rastros de crispación tan evidentes hacía escasamente unas horas. Proyectaba ahora un tono magnánimo y hasta jovial. Juan González se acomodó y entrelazó las manos al nivel de la cintura. Champolo lo miró, esbozó una sonrisa y orientó el considerable volumen de su cuerpo hacia Miguel Ángel.

–Después nos vemos, Mike.

–Un round para todos, Champolo. Un round, ¿qué te parece?

En la mirada de Miguel Ángel, que parecía perderse en el fondo oscuro del salón, había un resplandor velado, como si acabara de ser partícipe de un acto privilegiado o una ceremonia a la que muy pocos les era dado acceder.

–No, Mike, después nos vemos.

–Un round, coño.

–Después, Mike, después.

Apoyándose en la mesa, Champolo se levantó, le extendió la mano a Juan con gran cordialidad y se ausentó del grupo. Miguel Ángel sujetó por la manga a un mozo que pasaba cerca.

–Un rouncito, por aquí, vodka con tónico, ¿qué te parece? –dijo dirigiéndose de golpe a Juan.

–Va bien conmigo –dijo Juan asintiendo con la cabeza.

–Vodka, chévere.

–Vodka chévere, eso es lo que él quiere –dijo el mozo que los había atendido a otro que pasaba cerca y ambos rieron.

O Miguel Ángel no oyó o decidió no darse por enterado. Dirigió su atención a Juan González y, como si estuviera haciendo un gran esfuerzo de concentración, bajó la cabeza y dijo:

–Mira, bro, en la vida hay que ser prudente, pero tú sabes, bro, bien prudente –y alargó la palabra *bien* desmesuradamente.

Llegaron los vodkas. Juan tomó el suyo y, como sentía la garganta muy seca, como si estuviera apergaminada, bebió con avidez.

–En mi reino no entran los imprudentes –dijo Juan tragando con un poco de dificultad.

Miguel Ángel levantó la cabeza y antes de continuar lo encuadró con aquella mirada un poco opaca.

–No tenemos mucho que hablar. Pero ¿por qué no acordarse de que la imprudencia es mala cosa y puede traer consecuencias bien peligrosas, graves?

Miguel Ángel calló por unos instantes, luego:

–Te has estado metiendo, bro, a husmear donde no te han llamado –hizo una breve pausa–. Donde no te han llamado, coño. Para arriba y para abajo por la isla entera y ahora te has metido con don Raúl Núñez.

–¿Y quién te soltó el chisme?

Miguel Ángel inclinó la cabeza y bebió de su vaso. Luego de una pausa en la que parecía sopesar lo que iba a decir antes de dar una respuesta, dijo en voz más baja:

–Me lo dijo Mami.

–Y tú me hablas de meterme así por que sí, carajo, cuando sabes de memoria o debías saber que fue Nora tu madre la que me pidió que lo hiciera.

Miguel Ángel tomó el vaso con el índice y el pulgar, bebió, apartó la mirada hacía un costado y se encogió de hombros.

–Mira, bro... –dijo con la mirada aún perdida en el fondo del local.

–Me metí en esto –dijo Juan– porque pusieron como condición, para no hacerle daño a tu padre, el que no se llamara a la policía. Eso lo sabes tú también de memoria. A veces pienso que hubiera sido mejor llamar la policía.

–La policía, chico, no. Mira lo que la gente esa dijo.

Miguel Ángel había hablado con mayor animación como si en realidad temiera por la vida de su padre. Con un gesto de la mano derecha llamó al mozo y sin consultar ordenó una vez más para ambos. Mientras apuraba el fondo de su vaso, Juan echó un vistazo a su alrededor y notó a la muchacha de pelo largo y ensortijado mirándolo. Ella interrumpió momentáneamente la conversación con su compañera de mesa y le sonrió y él le devolvió la sonrisa.

Miguel Ángel tomó el vaso que le correspondía directamente de la bandeja del mozo. Bebió e hizo un gesto brusco con la cabeza como si buscara momentáneamente despejarse.

–Lo que pasó –dijo al fin poniendo los ojos sobre la superficie de la mesa– es que me han llamado –hizo una brevísima pausa–. Mira, se han acercado a mí...

–¿Acercado? –interrumpió Juan sin poder evitar un tono de sorpresa.

–No más rodeos. Quieren que sea yo el que bregue con ellos.

Y con un movimiento mecánico volvió a acomodarse en la butaca y saboreó la bebida. Luego suavemente chasqueó la lengua contra el paladar.

–¿Pero tú dices que te han llamado? –preguntó Juan.

–Bueno, lo que se dice llamar no. Me han mandado uno de esos papeles por correo, como los que le mandan a Mami, y me piden que sea yo el que bregue con ellos.

–En otras palabras...

–En otras palabras, bro, que debes salirte del emborujo éste en que te has metido y dejar que yo me encargue. Lo han puesto como condición.

Miguel Ángel calló por unos instantes y puso en él aquella mirada inmóvil y ligeramente vidriosa de quien ha bebido mucho. Luego continuó.

–Después de todo yo soy su hijo. Y llegó el momento, porque si no, vas a causar mucho daño, de que debes dejarte tú de tanta pendejería, de estar corriendo para arriba y para abajo, yendo a Mayagüez y a Isabela a molestar a ese inválido y después con don Raúl que le van a ofrecer un nombramiento en la Oficina del Procurador en Washington nada menos, en la sección de Derechos Civiles, y está muy ocupado y metiéndote también con Mami que lo que haces es asustarla.

Juan González se sintió preso de una ira casi incontrolable pero rescató fuerzas de donde pudo y se serenó. No tenía sentido alguno, pensó, continuar la conversación con aquel mequetrefe. Ya vería qué pasaba.

–Esta bien, jefe. Tú sabes lo que haces.

–Check –Miguel Ángel estiró la mano y le dio un golpe suave en el hombro–. Perdóname la prisa. Tengo que salir. Lo de aquí –dijo señalando a los vasos en la mesa– va por cuenta mía. Ya está apuntado.

Y ahorrando palabras y gestos adicionales, sin siquiera extenderle la mano, se levantó y se dirigió a la puerta de salida.

Juan aún sentía los rezagos del sofocón que acababa de pasar. Llamó a uno de los mozos y ordenó otro trago, pero esta vez pidió sólo vodka con hielo. Miró a su alrededor y se detuvo por unos instantes en la mesa de la muchacha del pelo largo. Solo la veía de perfil y el conjunto de los ojos, la boca y la nariz le pareció, en la penumbra, deslumbrante. Se levantó para trasladarse a donde ella se encontraba cuando divisó en el extremo del salón al hombre grueso que había estado sentado con ellos temprano en la noche y que, con un brazo en alto, le hacía señas. Pensó en no darse por aludido pero los gestos eran de tal modo insistentes que no tuvo más remedio que caminar en esa dirección.

Champolo se encontraba solo sentado en una mesita ubicada bajo la iluminación intensa y directa de uno de los focos sujetos al techo. La luz daba un brillo desusado a la piel aceitunada de su cabeza calva y, los ojos pequeños y ligeramente hundidos, los pómulos altos, unas mejillas flácidas, y la barbilla un poco en alto, le prestaban el aire hierático, en aquel ambiente de claridad y de sombra, de una deidad criolla y elemental. Mantenía ahora las manos entrelazadas, colocadas justo en frente en la superficie de la mesa, y en esos momentos a Juan le pareció que se encontraba totalmente ajeno a todo lo que se movía o se decía en la penumbra a su alrededor.

–Siéntate un rato, un ratito nada más, unos minutos si quieres.

A pesar de que su voz era mucho más afable de la que Juan podía recordar, había en ella una especie de resonancia que la hacía vibrar como si estuviera electrónicamente amplificada.

–Mike, así conocemos a tu amigo, habla mucho y como que se pone nervioso.

Juan se sentó porque intuía que no podía no hacerlo.

–¿Qué te dijo? –preguntó el hombre grueso luego de unos instantes de silencio.

–Me dijo que ciertas cosas deben quedarse en familia.

–¿Y esas ciertas cosas?

–Esas ciertas cosas yo me las reservo.

–¿Nada más?

Y como ya Juan comenzaba a experimentar el ligero mareo del alcohol, se sintió inclinado a replicar:

–Que me metiera en lo que me importaba y que no me inmiscuyera en lo que no debería importarme.

–¿Qué no molestaras a la madre? ¿Qué no molestaras a Raúl Núñez?

–Algo de eso dijo.

–Que no te inmiscuyeras, como tú dices, con don Raúl Núñez –dijo Champolo como quien confirma una sospecha y sin alterar ni un ápice la postura que había mantenido todo el tiempo en la mesa. Con los pequeños ojos hundidos y las mejillas ocultas en la sombra respecto de la luz que caía desde arriba, daba la impresión de estar parcialmente envuelto en un hálito blanco y de sólo tener pómulos, nariz y una mandíbula que se movía.

–Qué pena –dijo al fin con un asomo de verdadera lástima–. Qué pena. Qué mucho habla –Hizo una pausa–. Tú sabes, es bien difícil vivir improvisando. Lo que se improvisa no siempre sale bien. Y él, –hizo otra pausa, esta vez muy breve mientras se pasaba una mano por la frente y la parte superior de la cabeza– él es medio desbaratado, se equivoca y deja cosas sin hacer. ¿Tú te lo imaginas de presentador de televisión o dando las noticias, que es lo que él quiere? –Sonrió y unas estrías de piel olivácea se plegaron alrededor de la cuenca de los ojos–. A la hora de leerlas, ya en el aire, notaría frente a las cámaras que se le habían quedado un par de papeles arriba en la oficina. –Dejó de sonreír–. Qué pena –repitió–. Gracias por el ratito. Gracias por sentarte aquí un rato.

Y le extendió la mano en señal de despedida.

Juan González fue al bar y pidió otro trago, doble esta vez, y se dirigió a la mesa de la muchacha que había visto al entrar. Sin aguardar a que lo invitaran, se sentó junto a ella. La compañera mencionó que tenía que irse y se levantó sin ceremonia.

Él se quedó mirándola. Parecía ahora más bella que antes, con los ojos brillantes muy abiertos y la ligera insinuación de una sonrisa. Llamó a un mozo y mientras ponía su mano sobre la de ella la instó a que pidiera algo. El ruido lejano y espaciado de las cocteleras eléctricas por encima de la música, el humo, las luces que parcelaban el aire y que le daban la consistencia de un tamiz muy fino y delicado, el devaneo que poco a poco se apoderaba de su cuerpo le causaron la sensación de un inesperado bienestar.

–Debes llamarte Alba o Estela o algo así –dijo él apretándole la mano y a la vez sintiendo que ella devolvía el leve apretón.

–Ay, qué romántico. No, como me llamo es Silena.

Y él la miró detenidamente. Luego preguntó:

–¿Vienes mucho aquí?

–Tengo amigos y se pasa bien.

–Pero esta noche –él se inclinó y la besó en la nuca–, esta noche es mía, esta noche –y sentía que sus músculos se distendían y experimentaba el perfume y el roce de la piel bajo el pelo largo y ensortijado– nos la vamos a regalar.

Bebieron con prisa lo que les habían servido, él pagó, y poco después corrían en su automóvil por una avenida en dirección de Isla Verde. Ella daba muestras de estar bajo el influjo de una gran expectación. Al subir al carro mientras exploraban sus cuerpos con una premura y un abandono momentáneo, habían discutido dónde ir. Juan propuso su casa pero ella fue enfática en su negativa; le habían prestado un apartamiento allí mismo en Isla Verde, "super", había dicho.

Al bajarse del automóvil en el estacionamiento del condominio, Juan se sostuvo unos instantes de la puerta delantera del vehículo buscando un punto de estabilidad mientras intentaba orientarse. El edificio aquel quedaba justamente al lado del suyo.

–¿Quién vive aquí? –preguntó él casi sin saber por qué, mientras ella lo tomaba de la mano y lo dirigía al vestíbulo y a uno de los cuatro ascensores.

–Unos amigos chéveres, unos amigos super –y dividió la palabra en dos sílabas– que nunca, creo que casi nunca, lo usan.

En la cabina del ascensor, que a esas horas estaba desierta, comenzaron a besarse con lentitud mientras las manos se demoraban en los contornos de los cuerpos, hurgando entre las ropas, él, que había levantado todo el traje de ella, suavemente pasando sus manos abiertas por la redondez de las nalgas. Una vez que hubieron cerrado la puerta de entrada del apartamiento, Juan quiso desvestirla pero ella se negó. "Ven", le suspiró al oído y lo llevó hasta la cocina. Allí, con una energía y una anticipación aún mayor de la que había mostrado anteriormente esa noche, abrió uno de los gabinetes de pared y sacó una azucarera y varios frascos de especies. Luego extrajo del fondo con sumo cuidado un potecito de cerámica rústica azul y un tubito hueco y transparente. Lo sostuvo con la punta de los dedos y giró hasta encontrarse frente a él. Sonrió mientras sostenía en el aire con una mano el tarro azul y con la otra el pequeño cilindro de cristal como si estuviera mostrando los instrumentos de un rito arcano o los de un número de prestidigitador. El esbozó una leve sonrisa y gesticuló una negativa con la cabeza. "Mejor para mí", suspiró ella. En seguida, como si estuviera mirándola entre brumas, la vio inclinada en el mostrador fuertemente aspirando por el tubito el delicado polvo blanco. Luego caminaron con paso incierto hasta la sala y ella se dejó caer en el sofá, exhausta, como si le faltaran las fuerzas, y él viéndola con los ojos brillantes empezó a desvestirla y a sentir la urgencia del olor de ella porque quería oler su nuca y sus pechos y su sexo y las manos y las bocas se rozaban con abandono porque él, ya casi aturdido, se deslizaba en un mundo de sensaciones como un último reducto, como si allí buscase la vida, como si se encontrara en un naufragio de grandes proporciones y sólo pudieran salvarlo, si se aferraba a ellos, los detritus dispersos del deseo.

Abrió los ojos y vio, a través de uno de los pocos cristales que no estaban cubiertos por cortinas, las nubes grises de la madrugada. Ella dormía desnuda en el sofá, acurrucada, los codos en contacto con las rodillas, una criatura en reposo. El se puso los pantalones y examinó la sala. Los muebles, las alfombras, las lámparas eran de calidad. En un escritorito cerca de la entrada pudo ver de lejos correspondencia que parecía aún sin abrir. Le llamó la atención, en un extremo de la sala junto a una pared cubierta por una cortina que llegaba hasta el suelo, una pequeña mesa de madera donde reposaban unos prismáticos de gran tamaño y una cámara fotográfica. Se acercó a aquella parte de la habitación. Tomó los catalejos en una mano y, caminando hasta el extremo de la pared con gran cautela, para no despertar a la muchacha, descorrió las cortinas. Detrás había unos grandes paños corredizos de cristal y un balcón. Frente a frente, se divisaba el edificio donde él vivía. Recorrió con los binoculares los pisos de enfrente. Notó que el suyo estaba a un nivel inferior a aquél desde donde observaba. Se apartó, se vistió con prisa y silenciosamente. Justo antes de salir echó un vistazo a la correspondencia que yacía en el escritorito. Encima estaba un sobre con una ventanilla de mica, obviamente una cuenta, cuyo remitente era *Holiday Apartments. Daily, Weekly Monthly Rentals* y la dirección que correspondía a aquel apartamiento. El destinatario de aquella factura era Mike Pérez. Debajo de la factura habían dos cartas, esta vez dirigidas a mano, a la misma dirección pero con otro destinatario: Miguel Ángel Chaves. Juan González dejó que su mirada recorriera la superficie del escritorio. En una esquina había un único cajoncito. Lo abrió y hurgó nerviosamente con los dedos en su interior y sacó dos llaves, una suelta, otra atada a un disco de cartón muy estropeado por el uso. La miró como si reconociera algo en ella. Por su tamaño y espesor, tenía una configuración fuera de lo común y que la hacía de algún modo claramente identificable. Recordó llaves parecidas en gavetas de escritorios del personal administrativo en la Universidad porque llaves como ésas servían para abrir las oficinas de departamentos y las que solían ocupar los profesores para su uso particular. Recordó también que Miguel Ángel le había pedido a Nora la llave de la oficina de don Gerónimo Miguel y que no tenía noticia de que la hubiera devuelto. Se la echó a un bolsillo del pantalón, cerró el cajoncito y salió silenciosamente por la puerta hacia el pasillo.

Capítulo XIV

Fue directamente a su apartamiento en el edificio del lado para cambiarse de ropa. Luego de ducharse, se puso un polo shirt blanco y un pantalón ligeramente estropeado que solía usar cuando de tanto en tanto salía de playa fuera del área metropolitana. Al volver a la sala se dio cuenta, por primera vez en muchos días, del desorden que reinaba allí. Recogió dos vasos a medio llenar que había dejado en mesas dispersas, un par de mocasines al lado del sofá y una camisa a cuadros colgada del espaldar de una pequeña butaca. Luego se acercó a los cristales de una gran ventana y desde allí buscó en el edificio de enfrente el apartamiento donde había pasado parte de la noche anterior. Creyó ubicarlo y notó que alguien había vuelto a correr casi por completo la cortina que él había abierto temprano en la mañana. Sólo quedaba al descubierto una estrecha franja de la puerta de cristal. Como si su mano respondiera a un resorte, activó el cordón blanco que sujetaba el panel de varillas de bambú enrollado cerca del techo, y con inquietud lo observó mientras descendía hasta tapar todo el paño de cristal de su ventana. Nunca se había preocupado por buscar protección, respecto de la puerta corrediza que daba al balcón, contra ojos indiscretos. Ya era muy tarde para pensar en ello. Bajó al estacionamiento, prendió el motor del automóvil y se encaminó a la Universidad.

El campus de Río Piedras estaba en plena actividad con los cursos de verano. Algunos estudiantes se arremolinaban en los largos pasillos bordeados de arcos y columnas, otros, sentados en el suelo con libros y bolsas de lona a su alrededor, conversaban a viva voz. En el patio central, reunidos en torno a un joven de barba que parecía enfrascado en una discusión con otro, se agrupaban unos diez o doce jóvenes, todos de pie y todos muy atentos a lo que decía el primero y a lo que, de vez en cuando, intercalaba el otro. Entre aquel grupo de cabezas, Juan, ya a punto de entrar por la gran puerta que llevaba a la escalera que bajaba al sótano, creyó ver una que parecía la de alguien conocido. De lejos y a un ángulo, podía ver el pelo negro lacio y, en un instante en que la persona mudó súbitamente de posición, el asomo de un bigote negro y espeso. Estaba casi seguro de que allí se encontraba, atento a la controversia que se desarrollaba cada vez más agitadamente, el vecino y presunto amigo de don Memo Herrero en Isabela. Pero no había tiempo para distraerse. Eran ya cerca de las nueve y tenía que estar a las diez y media en Palmas. El viaje en automóvil, descartando un tapón, tomaría no menos de cuarenta y cinco minutos. Había que darse prisa. Entró y bajó por las escaleras hasta el piso inferior.

Los pasillos de abajo estaban a esa hora desiertos. Caminó hasta encontrar la puerta que buscaba. Extrajo la llave del bolsillo del pantalón y antes de introducirla en la cerradura miró en ambas direcciones. Nadie. Al volver la atención a la cerradura se dio cuenta de que sus manos temblaban un poco. La llave entró pero de momento no lograba encajar en el mecanismo del herraje. Debe ser una llave vieja, pensó. Una muchacha, apretando un libro contra el pecho, surgió del otro extremo del pasillo y pasó junto a él. Juan apoyó un codo en el picaporte y, entornando el rostro ligeramente hacia abajo para, de ser posible, evitar que lo reconocieran, recostó la frente en el puño cerrado. Notó que con su peso la puerta lentamente cedía. Alguien debió de haber olvidado asegurarla. Una vez que la muchacha desapareció al otro extremo del pasillo, Juan abrió lo suficiente para poder pasar, entró y cerró tras sí la puerta de madera.

La oficina estaba tal y como la recordaba. El escritorio en su lugar habitual y las sillas, la giratoria y la otra donde solía sentarse el estudiante cuando venía de consulta, dispuestas ordenadamente. Pasó revista a los anaqueles de libros; no había indicio de cambio alguno. Luego dirigió su atención al archivo de metal. Una de las tres gavetas tenía cerradura. Abrió primero las que no ofrecían traba visible. Estaban casi vacías. Contenían listas de clases, memoranda del Decano, pedazos de tiza, exámenes y ensayos monográficos corregidos con minuciosidad y anotados que evidentemente uno que otro estudiante nunca se atrevió a pasar a recogerlos, o se molestó en hacerlo. La que estaba más cerca del suelo era la que tenía cerradura y él pensó que le iba a costar trabajo abrirla pero al dar un leve tirón corrió hacia afuera. Al abrirla notó, por la aldaba doblada con violencia, que la habían forzado. Dentro encontró varias carpetas rotuladas a máquina. Unas pertenecían a cursos que había dictado en el pasado o que en esos momentos aparentemente preparaba. En otra, rotulada "Narrativa hispanoamericana" y ("en preparación") había papeles sueltos e innumerables fichas con apuntes que parecían delatar la preparación de un trabajo extenso, quizá un libro. Saltaba a la vista que alguien había hurgado en cada una de las carpetas porque las fichas de cartón y los papeles se encontraban notablemente maltrechos, como si luego de haberlos sacado hubieran decidido devolverlos a su lugar atropelladamente. Había otra carpeta rotulada *Como el aire de abril en Sevilla* (relato: apuntes y texto). Allí no había nada. Era la única de las carpetas que estaba completamente vacía.

Esperó un rato con el oído pegado a la puerta para asegurarse de que no hubiera tránsito en el pasillo. Luego abrió con sumo cuidado, cerró la puerta tras sí y caminó hacia la escalera que subía al piso principal. En el patio grande frente al Teatro, el grupo que había estado arremolinado en torno al muchacho de la barba se había disuelto y sólo quedaban unos cuantos estudiantes dispersos conversando tranquilamente. Ninguno de ellos era el vecino de don Memo Herrero.

Desde la carretera que corría por lo alto de aquella finca vuelta extensa "villa de vacaciones" se podían divisar, bordeando la playa en el terreno aledaño que bajaba en colinas irregulares hasta el mar, grupos de pequeñas casas y apartamentos de dos o tres pisos diseñados y construidos en un inconfundible "estilo mediterráneo" que consistía en muros de cemento pintados de rosa pálido y tejas de barro de un anaranjado subido. En las cercanías del campo de golf y a todo lo largo de la costa, profusos palmares daban el necesario toque tropical y el motivo del nombre con que se había designado el lugar. Justo antes de que la carretera empezara a bajar, Juan miró el retrovisor para comprobar si un automóvil gris que le pareció haber visto en dos ocasiones distintas, una vez camino de Caguas, otra ya cerca de Humacao, todavía se encontraba allí, pero en esos momentos la carretera a sus espaldas estaba vacía. Ahora, casi enfrente, apareció una pequeña ensenada y dos islas artificiales. En las islas, las edificaciones que se habían construido, pared con pared, y junto al agua, seguían el estilo de una cala también "mediterránea" con atracaderos al frente. Muy a la derecha se encontraba un restaurante de estilo rústico y un poco más allá, varios muelles de cemento donde se encontraba sujeto, en un leve bamboleo de mástiles, antenas y botalones, un verdadero bosque de embarcaciones de placer, lanchas, veleros de diseño diverso y un grupo considerable de yates de motor, casi todos de gran tamaño, reflejando en la madera, el cristal y el aluminio pulido el sol oblicuo de media mañana. Hacía uno de esos días transparentes, de aire liviano, cielo azul y estrías de nubes muy blancas en el horizonte, poco comunes durante los meses de verano y, en el extremo de uno de los muelles, se notaba el trajín de varios hombres y mujeres jóvenes que transportaban neveras portátiles y equipo de pesca a una lancha con el motor prendido evidentemente a punto de zarpar. Juan González estacionó el carro en un terraplén cerca de los muelles y caminó hacia el restaurante. Cerca de la entrada, apoyándose con el hombro izquierdo en la pared de la estructura de madera, el pulgar de la mano derecha metido entre el pantalón y la cintura, había un hombre de mediana edad, con el pelo ralo y cuyo rostro mostraba una barba a medio crecer. Sin ser marcadamente grueso, una porción de la barriga sobresalía por debajo de la camiseta amarilla en la que se podían notar, aquí y allá, borrones de aceite. Juan notó que el hombre estaba atento a cuanto ocurría a su alrededor y en cuanto vio al joven acercarse sin perder tiempo se dirigió a él.

–¿Tú eres Juan González? –preguntó con cierta familiaridad.

–Soy yo.

–Ven que te están esperando.

Juan lo siguió hasta una lancha que, si no era de las más grandes, tenía de todos modos un tamaño considerable. La abordaron por la popa y allí tenía inscrito, en grandes letras doradas, *Bucéfalo* y debajo, en letras más chicas, *Humacao*.

El hombre que lo había guiado hasta allí caminó por la pequeña cubierta que estaba a la intemperie hasta llegar a la parte techada de lona donde se encontraban, dispersas, varias butacas plegables de madera y de tela y, un poco más arriba, el puesto de mando con el timón y un tablero donde se podía observar una relojería impresionante. Avanzó unos pasos más y, abriendo la puerta que daba a la cabina interior e inclinándose hacia dentro, dijo algo que Juan no pudo oír. Luego de unos minutos salió a la parte techada un hombre alto de piel quemada por el sol, cara redonda y de brazos y piernas cubiertas por un vello espeso que en los antebrazos y en la parte superior del pecho que dejaba al descubierto el polo shirt azul era gris plata. Además de la camiseta vestía un pantalón corto blanco, zapatos de lona y, sobre unas gafas oscuras de vidrio redondo y relativamente pequeño, llevaba una gorra, también azul marino, de visera curva, de esas que en otra época solían usar los jugadores de béisbol y que ahora Juan había visto entre gentes que practicaban la pesca o el golf. Aún a su edad, saltaba a la vista que aquel hombre corpulento se mantenía esbelto y ágil. Sin moverse de la parte techada de cubierta, extendió la mano en señal de saludo.

–Soy Raúl Núñez. Veo que no te perdiste y veo además que eres puntual.

–Hola, –dijo Juan estrechando la mano que se le extendía.

–Ven, siéntate –dijo el hombre alto a la vez que empuñaba un par de sillas de lona y las arrastraba al lugar más apartado del espacio de cubierta techado, como si temiera a los elementos, como si el aire y el sol pudieran de algún modo causarle daño. Se sentaron. Juan observó a través de un cristal colocado a unos cuantos pies de altura de la superficie de madera donde se encontraban, que un muchacho en pantalón de baño, atlético, descalzo, de una piel oscura que relucía por el exceso de sol, y que, al igual que el hombre que lo recibió junto al restaurante, vestía una camiseta amarilla, en esos momentos saltaba del bote de al lado al de ellos.

–Todo listo, don Raúl. Cuando usted diga –dijo el empleado de mayor edad que momentáneamente había desaparecido en el interior de la lancha y ahora asomaba la cabeza por la puerta ancha de madera lustrosa que conducía abajo. Sonreía y, mientras esperaba órdenes de su patrón, examinó con una curiosidad no exenta de desdén a Juan González.

–Dile a Luisito que suelte las amarras y vamos a ver si la sabe manejar de verdad.

La voz de Raúl Núñez conservaba aquel timbre agradable y reconfortante que Juan recordaba de la última conversación telefónica sostenida con él, tono, sin embargo, que de modo alguno restaba autoridad a sus palabras. Se puso de pie, siempre resguardándose en la parte techada de la lancha. Observó al hombre de la camiseta manchada subir al puesto de mando, prender los motores y gritar órdenes al muchacho, que se apresurara, que soltara las amarras. Luego el joven entró y tomó en sus manos el timón mientras Raúl Núñez y el otro observaban el manejo de la embarcación que, con el ruido de los motores retumbando contra el concreto, lentamente daba marcha al frente y dejaba a un lado el atracadero.

–¿Sabes algo de navegación? –preguntó Raúl Núñez a Juan González en el mismo tono afable que había empleado la primera vez.

–No, nada –dijo el otro.

Comenzaba a sentir en la cabeza el peso de la noche anterior. Las diligencias de la mañana, con el ajetreo y la prisa concomitantes, momentáneamente atenuaron la fatiga y la falta de sueño acumuladas en el transcurso de las últimas veinticuatro horas, pero ahora, acaso espoleados por el movimiento del bote, la vibración de las máquinas bajo sus pies y el intenso olor a gasolina, aquellas fuerzas que lo aturdían volvieron a ganar terreno y amenazaron con adueñarse de su persona. Sintió que el estómago se le apretaba y que una fuerte opresión ceñía sus sienes. Temió marearse pero decidió no compartir esa información con nadie.

La isla artificial con sus casas en rosa, crema y ocre quedaron atrás y muy pronto la lancha atravesó la boca del puerto y salió a mar abierto. En un día de luz tan intensa, la punta occidental de Vieques se dibujaba un poco hacia el sur como una gran sombra verde flotando sobre las aguas. La brisa se intensificó conforme la lancha aumentaba su velocidad. Una vez ya mar afuera, Raúl Núñez hizo una seña al joven y éste le cedió el timón y pasó a popa donde se dedicó a sortear cañas de pesca. Durante unos quince minutos, Núñez aumentó la velocidad y realizó varias maniobras haciendo girar la embarcación de modo inesperado a un lado y a otro. Luego, volvió a llamar al muchacho, le entregó el timón y, arrastrando la butaca de lona hacía la parte descubierta, e instando a Juan a que hiciera lo mismo, tomó asiento.

–Hablas muy poco –dijo el abogado quitándose la gorra para pasarse la mano por el pelo veteado de gris–. No lo digo como reproche. A pesar de que los poetas de la antigüedad hablaron de "palabras doradas", más dorado me parece a mí, sobre todo en este país donde poco se valora, el silencio. No creo –añadió volviéndose a colocar la gorra– que haya traducción, y si la hay no debe ser muy buena, me temo, a ese especie de refrán *Silence is golden*.

–No crea. También hay gente aquí que sabe valorar el silencio.

–¿Ah, sí? A lo mejor estamos hablando de silencios distintos.

–Yo he venido...

–Sí –le interrumpió el hombre mayor y por primera vez Juan notó en él rastros de impaciencia–. Creo que algo me dijiste por teléfono, pero nada claro, nada claro, si no recuerdo mal.

Del interior de la cabina, donde aún se encontraba el hombre de camiseta amarilla y de donde se originaban de vez en cuando ruidos metálicos, como de herramientas que caían al piso con violencia o descuido, Juan pudo oír, por encima del vibrar ronco de los motores, una fuerte voz de barítono que entonaba

Puertas y cordajes donde el viento viene a aullar,
Barcos carboneros que jamás han de zarpar...

–Es, en realidad, era sobre don Gerónimo...

–Tiene buena voz Luis el mecánico– interrumpió una vez más Raúl Núñez señalando por encima del hombro con el pulgar hacia la proa–. En cambio Luisito, el hijo –gesticuló levemente con la cabeza en dirección del muchacho a cargo del timón –ese no tiene casi voz. Además, todo se está perdiendo. Ahora tienen la cabeza llena de rock y disco music. Pero hay que decir –añadió dirigiendo las gafas oscuras en dirección del horizonte y algo de impaciencia volvió a notar Juan en él– que como el padre, es disciplinado y sabe seguir instrucciones. Y eso es regla cardinal también *golden* –siguió hablando en un tono más bajo–. Sin orden ni normas de procedimiento nada se da en la vida. Definitivamente nada.

–Le estaba diciendo que don Gerónimo Miguel...

–Sí, algo de un mensaje... –intercaló Raúl Núñez.

–Mensaje, no, no es eso –dijo con firmeza y a su vez con impaciencia Juan González.

–Entonces, quiere algo, por eso te ha mandado.

Había limado en su voz todo indicio de urgencia y el tono era ahora ecuánime, el mismo que Juan había escuchado al principio. Pero, con todo, el joven creyó notar en aquel habla tan bien modulada una nota que no había estado allí previamente y que ahora llamó su atención por vez primera: un ligero aburrimiento en la entonación, algo de hastío o de quien o bien conoce de antemano un patrón reiterado de comportamiento o bien, y de modo análogo, posee de antemano las contestaciones a una serie de preguntas que ha formulado o que está en vías de formular.

–No, no me ha mandado.

–Entonces eres tú quien quiere algo. –Y Raúl Núñez luego de subrayar el pronombre personal giró suavemente la cabeza hacia Juan y mantuvo las gafas oscuras puestas en él unos instantes.

–Lo único que quiero es que usted me conteste unas preguntas –dijo Juan mientras sentía los comienzos de un martilleo en la cabeza.

–¿Por qué no tomamos un gin? Hace mucho calor. ¿Qué te parece? Gin tonic, ¿ah?

Se había levantado sin esperar respuesta y bajó al interior de la lancha. Poco después subió con dos vasos plásticos muy grandes colmados de hielo y un líquido burbujeante y, antes de sentarse, le entregó uno a Juan. Núñez bebió con lentitud y deleite mientras mantenía el rostro orientado hacia el horizonte.

–¿De dónde conoces a Gerónimo Miguel? –al fin preguntó el hombre mayor pero su tono no delataba mucho interés.

–Fui discípulo suyo por varios años.

Raúl Núñez se había quedado pensativo y por unos instantes no dijo nada.

–Todo parece ahora residir en el pasado –comentó con algo de nostalgia–. Fuimos buenos amigos, quizá ya te lo han dicho –añadió.

–Eso es así y que usted defendió a unos amigos...

–Eso –interrumpió el abogado– fue una bobada –y volvió a tomar un sorbo de su vaso.

–Y que estuvieron juntos en la guerra.

–Ah –exclamó muy por lo bajo el hombre mayor e hizo un brevísimo gesto de afirmación con la cabeza–. Dime –dijo aún sin mirarlo– ¿alguna vez te habló de mí?

–Nunca.

–¿Y de la guerra? ¿Y cuando yo defendí a los amigos?

–Tampoco.

–Ah –y volvió a asentir dos veces con un ligerísimo movimiento de cabeza–. Todo eso como si fuera una película vieja, una película, habría que decirlo, no del todo interesante, la verdad, digna de archivarse.

Juan cayó en la cuenta de que Raúl Núñez hasta ahora no se había interesado por la situación actual de don Gerónimo Chaves.

–Don Gerónimo Miguel ha desaparecido.

El abogado frunció las cejas, y luego puso en él aquellos cristales grisáseos e impenetrables.

–Qué raro –dijo con un aire casi de sorpresa–. No suena, no suena –hizo una pausa. Luego, volviendo a mirar hacia el horizonte– ¿no se habrá ausentado por razones, digamos, imposibles de conocer?

–No creo.

–¿Y qué se comenta?

Juan González, quien escasamente había probado el trago que sostenía en la mano, comenzó a sentir una vez más un fuerte dolor de cabeza que incrementó la impaciencia que lo venía trabajando.

–No se comenta nada, porque eso casi nadie lo sabe.

–Ah, ¿nadie? Qué raro.

El abogado mantenía las gafas orientadas a lo lejos.

–Dime –añadió Raúl Núñez luego de tomar un sorbo–, ¿Cómo es que no han ido a la policía? Se impone ¿no?

Había en su voz un ligero tono de incredulidad mezclado de nuevo con algo de cansancio.

Juan le explicó por qué habían descartado esa opción y de paso resumió como mejor pudo todo lo ocurrido hasta el momento. Excluyó de esa rápida sinopsis, casi sin saber por qué, como si tanteara en la oscuridad, mucho de lo relativo a la entrevista con Amelia Sánchez y a la visita con Memo Herrera en Isabela. Tampoco mencionó su excursión a la oficina de Miguel Chaves a la Universidad.

–Tú has venido a que yo te ayude –dijo al fin Raúl Núñez volviendo sus gafas hacia él–. Pero yo no puedo hacer nada, ni en la esfera legal, porque nadie oficialmente me lo ha encomendado, ni al nivel personal porque Miguel optó por no cultivar la amistad que yo, creo que generosamente, le ofrecí. Nada.

Juan inclinó un poco la cabeza hacia el frente.

–Me han dicho que usted piensa ausentarse del bufete y que está muy ocupado.

Raúl Núñez reaccionó como si aquella aseveración lo tomara por sorpresa.

–Ah, sí –dijo–. Sí. No es improbable que así sea. Sí, asfixiado de trabajo.

Había ahora un filo de irritación en la voz.

En esos instantes subió a cubierta Luis el mecánico y se acercó a ellos.

–Don Raúl, los motores están como coco.

–Como coco ¿seguro? –preguntó Raúl Núñez–. Mira el mal rato que pasamos la última vez que salimos con mi mujer y aquel grupo de amigos, y tú sabes que a mí no me gustan las sorpresas.

–Como coco –insistió sonriendo Luis–. Y usted sabe que yo no soy de dar sorpresas a usted.

–Vamos a prepararnos para volver, entonces.

–¿A Fa...?

–No –intercaló con decisión Raúl Núñez– A Palmas, donde nos toca. De ahí salimos.

Luis subió al área de mando, desplazó al hijo en el timón y aparentemente lo mandó a la sección de proa a ocuparse de algo. Una vez que quedaron solos, Raúl Núñez acercó el vaso a su rostro y lo posó en la boca con desgano, como si sólo interesara humedecer los labios. Luego, manteniendo el vaso en alto, como en una ofrenda, dijo en voz baja:

–El y yo hemos hablado de tantas cosas –hizo una pausa. Había estirado las piernas hacía el frente y las cruzó a la altura del tobillo–. Compartimos con un par de amigos y amigas la pasión de los libros. Eran los tiempos en que él y Amelia Sánchez –que ya has conocido– se empezaban a relacionar y eran tiempos, ahora creo pensar, pero todo eso está en el pasado, completos. Leíamos y recitábamos versos y hablábamos de novelas, que era tema para mí preferido, sobre todo las del siglo pasado. Había siempre un orden subyacente, en aquel desorden en el que parecían pulular los personajes. Sí, ahí estaba como un gran cañamazo que sostenía todo aquello estable y firme. Sí, lo sostenía. –Súbitamente abandonó el tono vagamente nostálgico y, colocando el vaso en el suelo, añadió con una voz que sonaba ligeramente acartonada–: No como algunas cosas de esas que uno ve por ahí, nada firme, todo confusión, todo a la deriva. Y qué nos espera para el futuro, que es lo que importa, en el fondo lo único que importa.

Aunque el martilleo en la cabeza había atenuado, a Juan González nunca le abandonó la sensación del leve mareo que experimentó por primera vez al salir de la rada de Palmas. Ahora, por momentos, le pareció que Raúl Núñez desvariaba.

–Mire, don Raúl, cuando ustedes estuvieron juntos en Corea...

Juan creyó ver en el otro una tentativa más de interrupción y decidió no dejar que ello ocurriera. Continuó en tono un poco mas alto.

–...hubo un incidente...

–Y eso, ¿qué tiene que ver? –preguntó el otro con hastío.

–Es que cuando él regresó de por allá...

–Ilumíname. ¿Y tú en realidad crees que algo así está relacionado con las extravagancias de Miguel?

Raúl Núñez desvió un poco la cabeza en dirección contraria al lugar donde se encontraba sentado el joven y apoyó los dedos de la mano derecha en los labios.

–Se me hace muy difícil –dijo Juan– contestarle esa pregunta.

–Ah –dijo él, sin cambiar de posición.

–Lo que pasa es que no creo tener la contestación para lo que usted acaba de preguntar y, digo *la* porque puede haber varias contestaciones, muchas. Pero a lo mejor después de todo hay sólo una.

La lancha había descrito un gran semicírculo y ahora se orientaba hacia Palmas. La costa se veía cada vez más cercana.

–Lo malo con estas cosas –dijo Raúl Núñez– y es de verdad malo, es que una vez que uno se mete en ellas se hace muy difícil salirse. Lo veo todo el tiempo en casos que he atendido en el bufete. La imagen del "tren de pensamiento" es apta porque las vías van a un solo lugar y uno no tiene más remedio que moverse en una sola dirección.

Hizo una pausa y puso en él los espejuelos de sol y, en una voz siempre ecuánime, añadió:

–Eres joven, se ve que eres inteligente, debes estar lleno de proyectos, tantas cosas por hacer.

Súbitamente calló y Juan temió una vez más que desvariara como si en el transcurso de la conversación se hubiera ido emborrachando sin que su interlocutor se diera cuenta de ello. Luego de unos instantes, el abogado retomó la palabra.

–A mi edad, son uno o dos los proyectos que quedan o se presentan y uno no quiere que se dañen. Es natural. Una excursión de pesca no debe quedar malograda porque algún idiota no se fijó que había un desperfecto en el motor de la lancha. Y eso que uno no puede vigilarlo todo. Y eso que hay que delegar, porque el tiempo no alcanza, y dejar que los otros también hagan aunque no siempre lo hagan bien. ¿Todavía quieres contestar la pregunta que te hice hace un rato?

–¿Cuál pregunta? –dijo Juan, sorprendido por el modo incisivo en el que Raúl Núñez había comenzado a interrogarlo, como si por unos instantes hubiera perdido el hilo de la conversación.

–Si crees que en realidad lo de Corea tiene que ver con el hecho de que Gerónimo Miguel no esté ahora mismo en su casa.

El joven no contestó de inmediato, como si estuviera en busca de las palabras precisas que requería la respuesta.

–Sólo sé decirle que en un par de circunstancias, que yo sepa, don Miguel se comportó de un modo distinto de lo que era usual en él, o por lo menos, de tal forma que extrañó a los que estaban a su alrededor. Una, reciente, cuando le dio con ausentarse de la casa sin explicar claramente por qué lo hacía ni a dónde iba, ni con quién. Y la otra tiene que ver con ese incidente en Corea en el que usted lo acompañaba.

–Entonces, tú crees que están relacionados los dos.

Juan creyó observar que la frente de Raúl Núñez, ligeramente quemada de sol, palidecía un poco.

–Si lo supiera no estaría aquí.

–¿Y tú sabes que Miguel tenía una psique muy frágil, que temí que se hubiera vuelto loco por lo menos en un par de ocasiones?

–No, no lo sabía.

–Que puede estar suelto por ahí haciendo barbaridades, que se imagina demasiadas cosas, que tiene una imaginación febril.

Juan inclinó la cabeza un poco hacia abajo y se quedó mirando el vaso de plástico, todavía lleno, que sostenía en la mano izquierda.

–¿Quién te vino con el cuento de Corea?

–Don Alfredo Herrero.

–Ah –exclamó en un tono un poco más alto de lo habitual–. Pero ese siempre estuvo, y todavía debe de estar, de manicomio. Nunca supe cómo lo cogió el ejército, ni por la edad ni por su comportamiento. Debían de estar muy necesitados en esos momentos.

–Pero lo de la muerte del coreano...

–Lo de los prisioneros de guerra era un asunto muy complicado que mis compueblanos, sólo preocupados si llegaba o no llegaba el arroz y habichuelas en la próxima comida, no podían entender. El enemigo estaba infiltrando agentes para después crear disturbios en los campamentos de prisioneros. Se dejaban coger así nada más. Luego querían que se los devolvieran y cada prisionero era en realidad eso, un enemigo irredento, un soldado más para destripar nuestras fuerzas. Te podía contar cosas que te pondrían los pelos de punta.

Raúl Núñez pareció súbitamente fatigado.

–Aquel tipo en particular nos desafió muchas veces y quiso escapar, tan sencillo como eso. Y por respeto a Miguel Chaves quizá no conviene seguir hablando de este asunto.

Se levantó y sin decir palabra fue al puesto de mando donde aún se encontraba Luis el mecánico. Ya estaban por entrar a la rada de Palmas. Regresó a los pocos minutos. Se quitó la gorra, se pasó la mano por el pelo veteado de gris y volvió a colocársela, asegurándose de que estuviera bien puesta.

–Tengo que bajar a la cabina a hacer una llamada en el teléfono portátil, así que me despido ahora.

Le extendió la mano a Juan González. Este se puso de pie y la estrechó. Justo cuando iba a darse vuelta para dirigirse a la puerta de la cabina inferior, se detuvo y preguntó:

–Dime ¿alguna vez tu maestro Gerónimo Miguel te habló de un viaje a España?

–A mí por lo menos, no.

–¿A Sevilla?

–No, nunca.

Raúl Núñez levantó la mano en despedida y desapareció por la puerta de madera cuidadosamente lustrada y mantenida.

Unos minutos después atracaron en el mismo lugar de donde habían salido. El muchacho de traje de baño, empuñando una cuerda enrollada en una mano, saltó al muelle tan pronto como la popa estuvo cerca del andén de concreto. Enrolló de un modo provisional la cuerda en uno de los pequeños pilotes que había en los bordes. Tan pronto Juan saltó al muelle, el otro desenrolló la cuerda, volvió al bote y su padre de inmediato aceleró los motores y enfiló la proa a la boca del puerto. Raúl Núñez se mantuvo todo el tiempo en la cabina en el interior de la lancha. Y mientras Juan veía alejarse en un revuelo de espuma aquella estructura toda blanca, chispeante en el sol del mediodía, recordó súbitamente dos ausencias -no había otro modo de llamarlas-: nunca pudo verle los ojos a Raúl Núñez y en ningún momento, en el largo transcurso de la conversación, había mencionado el viejo amigo de don Gerónimo Miguel al hijo, a Miguel Ángel. Por último, y esto lo inquietó aún más, aquella coincidencia inesperada entre la pregunta por el viaje a España y el manuscrito que faltaba en la oficina del profesor.

Capítulo XV

A las cuatro de la tarde Juan González estaba de vuelta en San Juan. Con el aparato de radio sintonizado en unas ocasiones en una estación de música, y en otras, en una estación de noticias en espera de cualquier información que, por más remoto que pareciera, pudiera de momento producirse en torno al caso que le ocupaba, se había ido demorando en la carretera que había tomado a la salida de Palmas. Paró en dos ocasiones distintas, una en Caguas para almorzar y, luego de haber optado por el expreso viejo que corría de esa ciudad a San Juan, porque así el viaje se haría más largo, una segunda vez para tomar café en un pequeño restaurante al borde de la carretera. La entrada a Caguas y la parada en el cafetín del camino tenían, además, el fin de verificar si en efecto el carro que vio por el retrovisor a la altura del desvío de Las Piedras y que parecía mantenerse a una distancia prudente del suyo, lo venía siguiendo. Pero una vez que salió de Caguas no lo volvió a ver.

Ya en la zona metropolitana, descartó la idea de parar en su apartamiento porque intuyó que no era el momento propicio para hacerlo. Tenía, además, dos asuntos urgentes que atender: indagar en torno al llamado indirecto de Isabel y pasar por la oficina de Pedro Miranda. Una entrevista con el licenciado Miranda, ahora ya no le cabía duda, era del todo inaplazable.

En la sede de Santurce de aquella especie de hermandad

a la que Isabel había entregado tanto lo recibieron al principio con un trato entre comercial y distante. Cuando preguntó por la dirección de la llamada casa de retiro en las cercanías de Adjuntas, la muchacha vestida de blanco sentada ante el escritorio de la sala de recibo de inmediato le preguntó para qué quería esa información. Juan aguardó unos minutos antes de contestar. Luego, le dijo que había en esa casa una amiga suya con quien debía comunicarse.

–Mijo, allí esa gente está toda en concentración. Allí es *do not disturb* estricto, tú sabes. Pero espérate un momentito.

Y se internó por una puerta que daba a otras dependencias del local. Poco tiempo después apareció por esa misma puerta un muchacho joven, norteamericano, de pelo rubio y ojos claros, con quien Juan recordaba haber hablado una vez en presencia de Isabel.

–Oh, *it's you* –exclamó mostrando un aire de sorpresa-–. *Long time no see.* –Luego, sonriendo y en un español medianamente correcto añadió–: ¿Buscando a Isabel?

–En eso ando.

–La sección de ejercicios terminó ayer pero se quedan una semana. Hace mucho fresco allá arriba.

–Ah, pues entonces me gustaría pasar a verla.

El joven sonrió, abrió una gavetita del escritorio y extrajo un papel en blanco.

–Te explico cómo llegar –dijo y procedió a explicarle, primero cuidadosamente dibujando y poniendo números a las carreteras, y luego rotulando cruces y desvíos.

Juan dobló el papel, lo echó en el bolsillo del pantalón y le dio las gracias.

–No hay problema –dijo el otro sonriendo–. Pórtate bien y buen viaje.

Camino del carro, Juan pensó que hacía mucho tiempo que en el "Centro" no lo recibían con tanta cordialidad.

En el estacionamiento prendió el motor e hizo una serie de maniobras para salir de aquella área reducida repleta de automóviles. Cuando ya estaba por entrar a la calle que daba a la avenida, notó nuevamente por el retrovisor, al cual ahora recurría con frecuencia, que el conductor de un automóvil azul metálico mal estacionado que, al pasar él había dado la impresión de estar dormido, la cabeza apoyada de lado contra el cristal de la puerta del chofer, se avivó súbitamente y prendió el motor pero por el momento no puso en marcha el vehículo. Al doblar la esquina y entrar de lleno en la avenida, Juan examinó de nuevo por el espejo la fila de automóviles que lentamente se movía tras él camino de la intersección y creyó distinguir, metido entre los otros y muy a la retaguardia, el carro azul que acaba de dejar atrás. Pero no podía ser de otro modo, se dijo para tranquilizarse, allí tenía que estar si el chofer interesaba salir por aquella calle unidireccional, como él, a la avenida. Por un instante se sintió preso de un cansancio que parecía ahora excesivo. No podía ceder a los impulsos de una paranoia incipiente. Ahora menos que nunca.

La oficina de Pedro Miranda se encontraba en un edificio de tres pisos en uno de los extremos de la zona bancaria en Hato Rey. Cerca, había una placita con árboles y si tenía suerte, pensó Juan, encontraría dónde estacionar allí. De camino, había entrado al Expreso Las Américas y salido en dos ocasiones distintas y realizado maniobras adicionales con el fin de perder a cualquiera que lo estuviera siguiendo, de ser ése el caso. Ahora no veía a su alrededor nada que le pareciera sospechoso. Encontró estacionamiento cerca de la placita y poco después, a eso de las cuatro y media de la tarde, abría en el tercer piso una puerta de cristal con una gran inscripción *Caribbean International Insurance Co.* y, debajo y en letras de menor tamaño, *Pedro Miranda, Seguros*. Juan González preguntó por el dueño de la compañía a una de las tres secretarias que se afanaban, cada una en su escritorio, en los silenciosos teclados de las computadoras.

–Acaba de regresar de un almuerzo –dijo ella.

–Déle mi nombre y dígale que vengo de parte del profesor Gerónimo Miguel Chaves –y procedió a identificarse.

Pocos minutos después lo mandaron a pasar. El licenciado Pedro Miranda tenía el pelo blanco y la tez de un trigueño claro levemente congestionada a la altura de las mejillas, dotándolo así de unas chapas que en modo alguno correspondían ni al clima ni a la elevación topográfica de la isla. Al observar Juan el brillo en los ojos, supuso que el almuerzo había sido largo, copioso y liberal en lo tocante al consumo de tragos y vinos. Vestía camisa blanca, corbata de listas y una chaqueta sport a cuadros.

–Pero qué alegría, qué noticias buenas...

Se había levantado de la butaca del otro lado del escritorio y le tendía la mano al joven.

–Pero tú no sabes, pero muchacho...

Y luego de saludarlo lo invitó a sentarse. Miranda se acomodó en el butacón acolchonado de espaldar alto y, apoyando las manos en los brazos del asiento, comenzó a girar un poco hacia un lado y hacia a otro.

–Es que hace tanto tiempo que Miguel anda desaparecido –dijo sonriendo–. Y, mira, yo lo quiero muchísimo, de veras... –Hizo una pausa breve–. A pesar, a pesar –y bajó un poco los ojos.

No hay tiempo qué perder, pensó Juan González.

–He venido a verlo para hablar sobre don Gerónimo Miguel y sobre don Raúl Núñez –dijo.

–Ah, Raúl...

Pedro Miranda, manteniendo una sonrisa que ahora parecía ligeramente forzada, se le quedó mirando al joven unos instantes, sin mover los ojos, sin articular una sola palabra adicional, como si esperara que se le ofreciera una información que faltaba, información sin la cual se haría del todo imposible continuar con aquel encuentro. Y en esos momentos Juan creyó ver, en la expresión general del rostro, el asomo de un azoro instantáneo y fugaz.

–Raúl, claro... –dijo al fin con algo de animación el dueño de la casa de seguros–. Bueno, y ahora con un puesto que parece que le van a ofrecer en Washington, porque ya la prensa ha empezado a hablar de eso, y para él que siempre le ha gustado brillar, me imagino que será algo así como un punto culminante en su carrera, él que ha trabajado tanto...

–Don Pedro –interrumpió Juan– se trata de algo muy grave.

–¿Pero de Miguel y de Raúl? –preguntó Miranda frunciendo un poco las cejas y con un aire de asombro casi infantil.

–De eso se trata.

Pedro Miranda entrelazó las manos al nivel de la cintura y bajó por unos momentos la cabeza.

–Coño –dijo en voz muy baja. Luego, levantando la mirada, añadió–: Tengo que atender unas llamadas de emergencia. Vamos a hacer una cosa. Aquí al lado hay un restaurancito donde voy mucho. Baja y espérame en el bar al fondo.

Media hora más tarde, Pedro Miranda entraba al restaurant y se dirigía a donde Juan González lo esperaba. Se sentó e inmediatamente pidió un ron en las rocas.

–¿Es seria la cosa? –dijo el otro mirando a Juan González con preocupación.

–El Profesor lleva unos días desaparecido –y Juan le explicó a grandes rasgos, ahorrando detalles, lo ocurrido–. Usted –añadió luego– estuvo con don Gerónimo Miguel y con Raúl Núñez en Corea. Allí pasó algo con un prisionero y usted estuvo muy cerca de lo que fuera que pasó.

–Coño –volvió a suspirar Pedro Miranda.

–Yo creo que es de vida o muerte –dijo el joven sintiendo un hormigueo en las extremidades.

El hombre mayor dirigió la mirada hacia un costado, luego hizo una seña al mozo que había tomado la orden y, una vez a su alcance, le dijo "Tráemelo doble y, si te sobra, échale un chorrito de más". Luego, cerrando los ojos, se dispuso a hablar.

La luz blanca de los focos delanteros resbalaban a gran velocidad sobre el asfalto de la carretera y el reflejo que, de vez en cuando se hacía más intenso, daba a la superficie la apariencia momentánea de estar mojada. Había tomado el desvío señalado por el muchacho del Centro y pensó, mientras escuchaba en la radio un programa de música ligera, que no tardaría más de media hora en llegar a la casa de retiro cerca de Adjuntas. Ver a Isabel ahora, pensó, nada más que verla aunque ella le negara todo lo demás, verla, eso era todo. Y mientras pasaba revista al cúmulo de cosas que habían ocurrido en el transcurso de ese día y parte de esa noche y traducía en imágenes fragmentadas el minucioso relato de Pedro Miranda y sentía el corazón retumbar en la garganta, se volvió a preguntar con qué propósito iba a Adjuntas y qué podía en verdad esperar si no un rechazo más. Uno de los pocos carros que transitaban por la carretera tocó el claxon para que él le cediera paso y así lo hizo. El automóvil pasó y una vez frente a él retomó una velocidad moderada. "Dentro de poco", pensó, "si sigue así, tendré que pasarle de nuevo yo, carajo". Era un patrón de conducta común en aquellas carreteras, el de pasa y aguanta, que conocía muy bien y que lo irritaba sobremanera. Buscó en el cuadrante del aparato una de las estaciones de noticias. Faltaban cinco minutos para la hora y en esos momentos un panel de dos sicólogos, un hombre y una mujer, se ocupaba de una llamada telefónica de una señora a cuyo marido, insistía ella, le había dado desde hacía mucho tiempo con enterrar todo el dinero que entraba en la casa. Surgieron preguntas de los panelistas y contestaciones aproximativas y quejosas de parte de la interlocutora y entonces consejos de los panelistas y el anuncio de una pausa. Otro locutor identificó la estación y transmitió la hora exacta. Sonó la fanfarria acostumbrada y, con el habitual tono de urgencia, el locutor anunció la gran noticia de ese momento:

"El cadáver de un joven de alrededor de 27 años con un tiro en la parte inferior de la cabeza se encontró temprano esta noche dentro de un automóvil en una playa cerca de Fajardo. No había evidencia de forcejeo en el interior del automóvil y el occiso tenía encima todavía dinero y prendas personales, por lo cual se sospecha que el robo no fue el móvil del crimen. La policía informó que el joven, identificado como Miguel Ángel Chaves, tenía en un bolsillo de la chaqueta varios gramos de cocaína y todo parece indicar que se trata de un crimen más vinculado al trasiego de drogas en la Isla."

Juan González apagó el radio. Sintió primero horror y luego náuseas y luego una infinita lástima por aquel muchacho y en seguida, con la vista ligeramente nublada, sintió rabia. Tocó el claxon al automóvil que venía justo en frente y que cada vez reducía más la velocidad. "So hijo de puta; salte del medio". El resultado fue una deceleración aún mayor, lo que lo obligó a frenar y sentir que, justo detrás venía otro automóvil muy cerca que podía chocar con él. Luego todo sucedió con una rapidez extraordinaria. El carro de enfrente aumentó la velocidad, pareció alejarse momentáneamente, pero luego se cruzó en la carretera y frenó. El de atrás, y ahora pudo ver que era azul metálico, se colocó al lado del suyo. El ya no había tenido otro remedio que frenar violentamente. La luz pálida de los focos recortó en siluetas, porque la vista permanecía aún borrosa, tres figuras que, armados y con gorras caladas hasta las orejas, bajaron, dos de un automóvil y uno de otro, y corrieron hasta el suyo. Todo adquirió la textura difusa de una aparición o de un sueño. Ya cerca, ya irremisiblemente encañonado, Juan González reconoció entre los que gritaban, gesticulando con los revólveres y las ametralladoras, que se bajara rápido del automóvil con las manos en alto, a los dos hombres, Luis el mecánico y su hijo, que habían estado a cargo del manejo de la lancha aquella tarde en Palmas.

Capítulo XVI

Por la calidad y la temperatura del aire, Juan confirmó la sospecha de que habían estado subiendo y que, por la sensación en los oídos que alternadamente se tapaban y se destapaban, el ritmo de ascenso era ahora cada vez mayor. Hacía ya tiempo que habían apagado el aire acondicionado y bajado los cristales del automóvil y, a pesar de que el motor se adivinaba potente, el esfuerzo que venía haciendo desde hacía unos diez minutos se traducía en toda una serie de ruidos que parecían operar en un registro más agudo de lo normal. Llevaba los ojos vendados y, sobre la venda, le habían colocado unos espejuelos negros y en la cabeza una gorra de esas tradicionales de golf que por el tacto él pensó desmesurada, con el fin aparente de que el pedazo de tela que cubría sus ojos no pudiera ser visto por los pasajeros de los automóviles que se acercaran al de ellos en la carretera. Pero la venda, los espejuelos negros, la gorra y hasta la soga delgada de nilón con que habían atado sus muñecas y que cubrieron con una toalla de playa –pensaron que en un descuido las esposas resultarían demasiado llamativas– eran sintomáticas de los recursos limitados con que parecían contar y el alto nivel de improvisación al que con frecuencia se entregaban. Desde uno de los dos cuartos en que lo habían mantenido aislado, las paredes a medio descascarar y el piso pavimentado con esas losetas del país cuyo diseño busca crear la ilusión de tres dimensiones sin lograrlo del todo, los había oído discutir e intercambiar datos cuya importancia parecía rudimentaria (cómo gestionar el próximo almuerzo, los posibles cambios de escondite, el carro que iban a usar para llevarlo al Yunque, si es que lo autoriza el jefe, el dinero de la gasolina), y otra información que también parecía elemental pero que había de tener mayor importancia por el elevado tono de voz y la urgencia con que se discutía (si era o no fácil cuidarlos juntos, si entonces se concentraba más el peligro, y todavía con el otro, qué problema y ahora qué). En otra ocasión llegó a oír unos comentarios que lo inquietaron aún más porque aludían a la inestabilidad aparentemente caprichosa que regía las relaciones entre sus guardianes. Luis el padre transmitió a su hijo temores al parecer bien fundamentados en torno a la seguridad personal de ambos; había llegado a barruntar la posibilidad de que aquella maquinaria violenta de la que formaban parte súbitamente se virara en contra de ellos y los aniquilara. Mientras todo marchara bien, era cuestión de que todo marchara bien... Lo tenían esposado casi todo el tiempo excepto cuando le traían la comida en recipientes de plástico grasiento o luego de gritar que quería ir al baño. Pero una vez, después del almuerzo, a Luis hijo, quien quedaba con frecuencia encargado de su vigilancia, se le pasó volver a ponerle las esposas y, por una rendija de la puerta de madera, Juan González pudo espiarlo, en la pequeña sala contigua con sus ventanas miami de aluminio pintadas de blanco bien abiertas (a diferencia de las que tenía en su cuarto, herméticamente cerradas y sin manubrio) y la mesa de comedor, estropeada, alrededor de la cual los guardianes tenían sus tertulias mientras consumían un número considerable de latas de cerveza, sentados leyendo un periódico con el revólver casi al alcance de la mano. Casi, pensó Juan, mientras ensayaba en su mente el empujón que tendría que dar a la puerta con el hombro para abrirla y la carrera hasta el revólver. Pero intuyó que esta vez no lo lograría. Y a partir de ese momento, pasaba gran parte del tiempo a su disposición, que al principio era mucho, en elaborar pausadamente, con acopio de datos sueltos que le llegaban inesperadamente y supliendo con la imaginación los que faltaban, estrategias de escape. Pero aquellos ejercicios que a veces le parecían de pura fantasía quedaron súbitamente interrumpidos por la noticia de que don Raúl Núñez vendría a hablar con él.

Y así fue, Raúl Núñez vino a altas horas de la madrugada cuando él ya llevaba tiempo dormido en el gran pedazo de cartón que le habían puesto en el suelo para que se recostara. Fue larga la conversación y se llevó a cabo en torno a la mesa de la sala que comunicaba con su habitación, con las ventanas miami y la puerta que daba a algún pasillo con acceso a la calle ahora herméticamente cerradas y los ayudantes del letrado bien armados y a una distancia prudente de donde, sentados uno frente al otro, se encontraban ellos dos. Allí pudo ver Juan González por primera vez los ojos del otro, unos ojos pequeños y negros que le parecieron, a la luz de la lámpara de techo manchada de hollín y festonada de tela de araña, hechos de una sustancia que, por los leves destellos de un brillo opaco y mineral, se asemejaba al granito o al sílex. Allí también, y eso nunca lo olvidaría, recibió de manos del antiguo compañero de don Miguel el fajo de papeles escritos a máquina con el cual el otro había gesticulado en más de una ocasión para dar énfasis a algunos de sus argumentos o mostrar impaciencia o desagrado ante circunstancias evocadas en el transcurso de la conversación. Allí también se accedió a su pedido: una entrevista con don Gerónimo Miguel Chaves. Pero el encuentro, cuyo fin primario era verificar el que don Miguel estuviera vivo, lo inquietaba. Antes de llegar Raúl Núñez, Juan pensó que, de concedérsele aquel encuentro, no tendría nada que decirle al profesor. Pero a la vez presentía en ebullición dentro de sí una variada red de noticias que transmitir y preguntas que formular y en las cual no lograba establecer un orden de prioridades.

Yo soy como las ruinas
de un viejo campanario
que todo es remembranzas
quietud y vaguedad...

Desde el asiento delantero, Luis el mecánico había comenzado a cantar dotando a ciertas notas de un trémulo inusitado.

–Tengo ganas de orinar –dijo Juan.

–Mira tú qué problema –comentó Luis en tono burlón a su hijo. Por el modo en que las voces se orientaban, Juan sabía que ambos iban al frente pero no había determinado a ciencia cierta cuál de los dos estaba al mando del vehículo, aunque adivinaba que era el mayor el que guiaba.

–Vamos a ver qué hacemos –Luis retomó la palabra–, porque como no le pusimos pampers esta mañana va el nene y se mea encima –Y soltó unas carcajadas que cesaron de inmediato.

El automóvil se detuvo, alguien descendió de la parte del frente y abrió la puerta de atrás. Siguiendo instrucciones, Juan extendió los brazos para que soltaran la cuerda de nilón con que habían atado fuertemente sus muñecas antes de salir. Luego se dejó llevar por un terreno desigual, tropezando un par de veces, hasta un sitio que debía estar bastante apartado de la carretera. Luis el joven le quitó los espejuelos oscuros y la venda.

–Ahí está, para que no te vayas a mear los zapatos.

Se retiró y Juan pudo ver por el rabo del ojo que lo estaba encañonando con el revólver a unos veinte pasos de donde él se encontraba.

Mientras orinaba, Juan levantó la vista y contempló en lo alto el torbellino verde de los árboles. Debían de estar ya en El Yunque o en sus alrededores porque la frescura del aire y la vegetación tan especial, los yagrumos con el dorso de sus grandes hojas delicadamente plateado y algunos helechos de gran tamaño, eran fácilmente reconocibles.

Ráfagas de luz se filtraban desde arriba y un golpe de viento suave hizo vibrar las ramas creando un ruido como de torrente precipitándose en cascada que pronto cesó. Cantó un pájaro, el plateado del yagrumo se hizo más intenso, casi verde, y confundiéndose entre las hojas, él súbitamente se sintió, como si se encontrara en un lugar dedicado a la magia y al rito, eje y punto de convergencia de caminos cuyos orígenes no le era dado en esos momentos conocer plenamente sino sólo de modo parcial y fragmentario y cuyas direcciones no podría trazar sino a tientas en la imaginación. Pero por un instante, se sintió único testigo, como si todo aquello viviera sólo en él y sólo para él y por él de algún modo para otros. Y recordó por último, las veces que había visto la montaña en la que ahora se encontraba desde lejos, de pie en la playa, por el parabrisas de un automóvil camino de Fajardo, al romper la luz del día desde el mar, y pensó que ahora se internaba en aquel bosque, del que por una fracción de tiempo formaba parte y que su presencia de alguna manera modificaba, en busca de alguien a quien tenía una historia que contar.

–Avanza, coño –gritó Luis el mecánico.

Subió el zipper del pantalón, volvió al carro y ya próximo a la puerta de su asiento, antes de que lo volvieran a vendar, pudo ver que en efecto aquel era un camino muy estrecho, casi vecinal, de los que se apartan en vericuetos de la carretera principal y los que por lo general resultan muy poco transitados.

El carro se detuvo. A pesar del leve mareo que le causaron las muchas curvas, Juan creyó adivinar por los movimientos y las vibraciones que por momentos estremecían la carrocería, que en la parte final del viaje el vehículo había estado rodando por una carretera sin pavimentar. Abrieron las puertas y lo hicieron bajar. Sintió una vez más con agradecimiento la frescura del viento y el ruido de las hojas. Luis el mecánico y el hijo saludaron a un tercero y luego pareció que se apartaban para hablar los tres en voz baja. Poco tiempo después se acercó alguien cuya voz Juan no reconoció.

–Te vamos a llevar a un cuarto bastante grande. Te vas a sentar donde te decimos y te vas a quedar bien tranquilito, pero bien tranquilito, tú sabes, nada de traqueteos ni de cosas de esas. Consejo de amigo, bien tranquilo.

El que hablaba hizo una pausa. Juan González se preguntó qué problemas podría causar él a aquella gente cuando se encontraba en el estado en que estaba. A menos, se le ocurrió en seguida, a menos de que estuvieran pensando quitarle la venda y soltarle las muñecas.

El hombre le quitó la gorra de golf y los espejuelos oscuros.

–Te vamos a dejar así, con venda y todo, porque no queremos que nadie se ponga nervioso –Calló por unos brevísimos instantes–. Qué es lo que le pasa al don ése, al viejo, que se pone muy nervioso, demasiado nervioso –Y chasqueó la lengua un par de veces–. Le hemos tenido que dar unas pastillitas para que se ponga tranquilo así que ahora mismito no está en condiciones, bueno, de hablar. Pero te oye todito lo que le vas a decir. No se va a perder nada.

Mentira, pensó Juan, lo han vendado y lo han maniatado igual que a mí y le han puesto un esparadrapo en la boca, estoy seguro, los hijos de puta.

–Y ya sabes –continuó el hombre que tenía al frente– todo tranquilo. El don va a estar recostado en un butacón bien cómodo al otro lado del cuarto y tú le hablas todo lo que te dé a ti la gana y él te oye pero bien bueno.

Llevaron a Juan González a lo que él adivinó, por el taconeo en el suelo y porque pudo tocar brevemente el umbral de la puerta hecho de tablas mal cepilladas, era una estructura de madera. Acaso estaban en una de esas cabañas que él había oído decir construyen, de vez en cuando, en la clandestinidad y que el follaje oculta de manera casi definitiva. O a lo mejor no era sino una casa rústica de veraneo.

Lo sentaron en lo que debió de ser una pequeña butaca porque tenía brazos donde apoyar los codos. Y entonces sintió por primera vez el frío y la intensa humedad que atravesaba su ropa y que súbitamente le erizaba la piel. Por unos instantes pensó en Enrique y en el horror de una muerte solitaria. Luego pensó en el otro, en el extremo más apartado de la habitación. Lo pensó en una situación semejante a la suya y le pareció casi inverosímil y hasta irrisoria aquella absurda simetría. Debían parecer dos muñecos de ventrílocuo. Pero lo imaginó también –aunque ello era mucho más improbable– sin vendas ni mordaza, recostado en una butaca, las piernas apoyadas en algún cajón bajo, los ojos entrecerrados, como si acabara de experimentar, mediante una estructura sonora, un tiempo requerido con obstinación que le hubiera eludido largamente y que al fin había encontrado en las cuerdas de un pequeño conjunto musical. Y ahora se dispuso a relatar. Porque lo sabía todo. Todo ordenado y dispuesto cuidadosamente en su cabeza, hasta las palabras que iba a decir. Sacaría a don Miguel de aquel pozo de mentiras en que de seguro lo habían mantenido sus guardianes, aunque el resultado de lo que dijera fuera nulo, aunque nada pudiera ya alterarse o cambiarse en aquel increíble y sórdido engranaje. Y antes de comenzar, Juan González se recogió como si fuera a hacer una invocación.

Capítulo XVII

–Pienso –al fin dijo Juan– en aquella noche de Corea, pienso en el frío, en las amenazas, y en las súplicas, en las órdenes, pienso en la sangre y en el horror que el tiempo no mitiga, a pesar de todo, a pesar de la comodidad y los logros que cuidadosamente construyeron el tesón y el esfuerzo. Todo me lo contó Peyo Miranda. Pero de eso hablaremos después.

Hizo una pausa breve.

–Mataron a Miguel Ángel. Le pagaron un tiro en la nuca en un carro que a lo mejor no era ni suyo en una playa que no conozco en las afueras de Fajardo. Casi empiezo dándole esta noticia, y lo siento, pero a estas alturas quizá ya no las hay buenas, y pasa algo más y es que Miguel Ángel, por razones que quizá él nunca llegó a entender, porque no quiso o porque no pudo evitarlo, estaba en el nudo de este asunto, como un eje corredizo cuya articulación cambia de instante en instante. Soñaba con brillar, Miguel Ángel, y soñaba con un brillo momentáneo y rápido. Pensó que la distancia más corta entre dos puntos era la de las influencias y de los amigos. Como por arte de magia, debió haber pensado, como el high después de aspirar la harinita blanca de la uña del pulgar. Así fue como por primera vez se presentó a ver a Raúl Núñez, porque en su casa le habían dicho más de una vez cómo lo ayudó a usted y hasta el trabajo que le ofreció luego de regresar de Corea a Puerto Rico. Hombre ayudador, hombre de respeto, trabajador, Raúl

Núñez, eso decían. Alguien le había traído el cuento a Miguel Ángel de que el bufete de Núñez tenía conexiones con una de las grandes cadenas de televisión. Y qué mejor, casi sin levantar un dedo, todo resuelto. Primero reportero y muy pronto, a lo mejor, ya en el estudio, en el mostrador frente a las cámaras, quién sabe si a cargo de los deportes, la luz de los focos brillando en su pelo y en sus cejas, ligeramente ofuscándolo. Y mientras tanto, en la oficina de Núñez, habla que te habla, porque para eso no había límites, sin economizar una palabra. Y me imagino que en ese vórtice de palabras salieron a relucir asuntos, aquí y allá, que interesaban a Núñez. Y cómo anda mi viejo amigo, a lo mejor, siempre enseñando, y qué se trae entre manos ahora. Miguel Ángel escasamente lo dejaría terminar las preguntas antes de lanzarse a las contestaciones sin ahorrar ni un sólo detalle. Y entre las cosas que salieron -y esto me lo contó Raúl Núñez no hará ni un día, y fueron muchas horas las que estuvo conmigo en la casa donde me tienen detenido- su hijo mencionó que usted estaba escribiendo una novela y después se corrigió, un cuento largo, que usted se lo había dicho de paso, balbuceó el muchacho, y que le había pedido no decir nada a nadie. A Raúl Núñez no le gustó eso del secreto y preguntó a Miguel Ángel si él sabía de alguna razón que justificara tanto misterio. Miguel Ángel replicó con vaguedades parecidas a las que usted mismo usó para justificarse ante su hijo: aquello era un experimento tardío, aquello carecía de importancia para los demás, era muy personal. En parte, por eso solía salir de noche sin decir a dónde iba, que era en realidad a su oficina a trabajar en el proyecto. No sé si aquello que parecía pudor era en realidad miedo, pero me lo imagino. Las cosas sin embargo, se empezaron a complicar. Raúl Núñez no quiso insistir, pero no quedó ni satisfecho ni convencido y temió que usted estuviera fraguando, bajo las apariencias de una ficción, un documento sobre el incidente en Corea que resultara gravemente comprometedor para él. Ya sabía que estaba bajo consideración para el nombramiento en Washington en la Oficina del Procurador, en la sección de derechos civiles. El ya se estaba moviendo aquí y allá porque parece que veía el puesto que le iban a ofrecer como reconocimiento definitivo de su carrera y sobre todo de su persona. Tenía que ser así, parece que pensaba, todo lo demás ahora carecía de importancia.

Juan González guardó silencio. El frío húmedo le había llegado a los huesos y una corriente de aire, que de vez en cuando sentía y que habría de venir de alguna ventana abierta, le erizó una vez más la piel. Quiso por unos instantes pasarse la mano por la frente y para ello tuvo que soportar el roce filoso de la soga en las mejillas.

–Y así empezó a desenredarse la madeja. O a lo mejor fue al revés, a lo mejor así empezó a dar vueltas el hilo que nos enredaría a todos, desde espacios muy distintos, en un tiempo común. Raúl Núñez lo buscó a usted, lo invitó a tomar algo en un sitio que normalmente no frecuentaba y donde no sería fácil ni reconocer ni recordar ni a uno ni a otro. Porque él es muy cuidadoso de lo que se ve y se oye. Los que me acompañan me soltaron, por ejemplo, que él no mantiene la lancha en Palmas sino en una marina de Fajardo. Así que el que busque el bote en Humacao no lo va a encontrar. Lo malo es que parece haber puesto todo ese enredo, quizá porque estaba desesperado, quizá porque no tenía mas remedio, en manos de un grupo con una marcada tendencia, por decirlo así, a la distracción cuando no al mero desorden.

Volvió a hacer una pausa. Por unos momentos pensó que sus guardianes estarían cerca, escuchando todo lo que decía, pero el silencio inmediato que lo rodeaba pareció desmentir esa posibilidad. Aguzó el oído. Desde fuera de la casa le llegaban fragmentos de una conversación salpicada de risas. Todo parecía indicar que los habían dejado solos.

–Entonces usted se negó. Usted no quiso decirle a Raúl Núñez, por quien debió sentir desde aquella noche de hace tantos años un recelo y un menosprecio que ahora comprendo de sobra, ni qué era lo que estaba escribiendo ni el asunto –de ello haber sido posible– que trataba. Y Núñez creyó ver en la negativa una confirmación de sus sospechas más oscuras y atemorizantes. Debió de haber habido momentos de mucha inquietud y hasta de desesperación porque Raúl Núñez trató de comunicarse con usted una segunda vez sólo para toparse con una negativa rotunda. Luego se puso en marcha la maquinaria. El plan era "hacerse cargo" -esas fueron las palabras de Núñez- de usted y obligarlo a entregar el manuscrito. Y así pasó, pero usted se siguió negando siquiera a hablar del texto, mucho menos decir dónde estaba y entregarlo.

Juan González se detuvo unos instantes y tragó fuerte. Luego continuó:

–Después, fueron metiendo a Miguel Ángel. Desde hacía ya muchos meses lo habían conectado, sin que él supiera exactamente quién era, con Champolo, el oculto y verdadero hombre de confianza de Raúl Núñez y quien parece tener vastas conexiones en el peor de los mundos posibles. Todos hablan de él con respeto. A Miguel Ángel le dieron dinero, le compraron ropa, le abrieron cuentas en bares y discotecas, le proporcionaron mujeres. Me imagino que él se encargó de buscar la cocaína. Digo todo esto como una suposición quizá razonable. Uno de los menores en el escalafón, uno que le dicen Luis el mecánico y que está ahí afuera y que parece que sabe mucho de armas y que debe ser un ex-policía, sólo mencionó el hecho de que "lo amansaron fácil", ésas fueron sus palabras, con la excusa de que "había que *build up* su imagen" antes de meterlo en televisión. Champolo, además, le advirtió a Luis que, de toparse con Miguel Ángel, no mencionara bajo ninguna circunstancia la realidad de su captura. Porque al no encontrar modo de recuperar el manuscrito, en el desespero del principio, le hicieron creer a su hijo una patraña mayúscula que cualquier persona normal, me da pena decirlo, se hubiera resistido a creer así nada más y que Miguel Ángel, con la cabeza repleta de ilusiones absurdas y sustancias vaya usted a saber si controladas o no, aceptó porque ya olfateaba el deleitoso perfume del triunfo. Le dijeron que los captores de su padre se habían acercado a ellos, a Champolo y compañía, para ofrecerle, a condición de una discreción absoluta, la restitución de su persona a cambio de esos papeles que buscaban. Y a esos papeles podía tener acceso fácil el mismo Miguel Ángel, por qué no. Así lo reclutaron, sin que él estuviera, o quisiera estar, enterado del todo. Eso fue al principio, después, se hace más difícil saber qué pasó en realidad y cuán ignorante permaneció del asunto y por cuánto tiempo. El caso es que Miguel Ángel les repitió lo que había oído decir a usted en más de una ocasión: que los papeles suyos más importantes usted siempre los guardaba en la casa. Eso fue el motivo del escalamiento, acto que se llevó a cabo con condiciones impuestas por su hijo en lo referente a su madre: su seguridad personal debía quedar garantizada. Por eso para acometer el acto la sacaron de la casa. Luego, al no encontrar nada, él mencionó la oficina de la Universidad. Miguel Ángel fue a la casa a pedir la llave a Nora y se ofreció a ir con los secuaces de Champolo, pero no lo dejaron. Eso me lo contó Luis el mecánico, y no sé en realidad por qué me ha contado tanto, si es por dejadez, aburrimiento, el chiquiti-chac nuestro, o porque considera que mi destino ya está resuelto y que poco importa a estas alturas lo que sepa. Luis fue uno de los que escalaron la casa y luego, esperando el momento propicio, se metió un sábado por la tarde en la oficina de la Universidad. Las dos veces lo acompañó un hombre "que sabe", así lo señaló el mecánico, y era él quien registraba los papeles en busca del texto preciso. Parece que la incursión en la oficina de la Universidad se hizo con prisa. Fueron, encontraron lo que buscaban y salieron. A Miguel Ángel nunca le dijeron del hallazgo porque no tenían la más mínima intención de soltarlo a usted. Pero hicieron algo más. Le empezaron a meter por la cabeza a ese muchacho que tuviera cuidado conmigo –con quien ya se había entrevistado una vez–

porque yo me estaba metiendo demasiado en el asunto y que a lo mejor estaba hasta trabajando para los secuestradores. Había que mantenerme vigilado y alquilaron por poco tiempo un apartamento desde donde podía verse el mío. Allí lo apostaron a ciertas horas del día y, de vez en cuando, de noche, y allí, también, él recibía amistades y daba sus fiestecitas, me dijo Luis con bastante coraje, porque ni a él ni a su hijo los invitaron nunca.

Juan González calló una vez más. A pesar de la humedad, sentía la garganta reseca y por primera vez experimentó una sensación desagradable de entumecimiento y pesadez en el cuerpo, como si tuviera un poco de fiebre. Pensó llamar para que le trajeran agua, pero al oír los rumores de la conversación afuera y las riserías decidió no pedir nada por temor a que luego de venir no quisieran volverse a marchar.

–Y eso pasó con Miguel Ángel. Se enredó, se enredó, y hablaba demasiado. Debieron pensar que si esperaban un poco más, comprometería de modo irrevocable a Raúl Núñez y por eso lo silenciaron. Me imagino el dolor suyo. No puedo sino imaginarme el dolor solitario de Nora, a quien nunca pude hablarle porque entonces fui yo quien cayó en la redada.

Nuevamente hizo una pausa y se esforzó por tragar para aliviar la carraspera que empezaba a alterarle el tono de la voz.

–Conmigo, no sé qué va a pasar, pero no es difícil imaginarlo. Eso sí, creo tener a mano casi toda la información.

Juan González narró, acortando y resumiendo donde podía, su gestión desde que Nora lo llamó a Culebra y luego pasó a lo que ahora consideraba como uno de los ejes centrales y puntos de equilibrio de su historia: la última entrevista con Raúl Núñez.

–Llegó muy tarde en la noche y vino en una facha que en realidad casi lo hacía irreconocible: un jacket deportivo con las solapas subidas hasta el cuello, gorra calada hasta las orejas y unos espejuelos gruesos de leer que no le había visto antes. Para este encuentro, me sentaron en la mesa, me quitaron las esposas y hasta me ofrecieron café. Una vez acomodados cada uno en un extremo, él se quitó el jacket y los espejuelos y sacó, de un pequeño portafolio que traía, el manuscrito suyo, *Como el aire de abril en Sevilla*, y lo mantuvo en sus manos mucho tiempo. En un par de ocasiones en el transcurso de la conversación, dio con él contra la mesa como para subrayar lo que estaba diciendo y, en otra, dejó caer con fuerza su puño sobre las páginas que había depositado justo en frente. "Esto es inverosímil, lo que Gerónimo Miguel se ha dedicado a hacer a su edad". Eso fue lo primero que dijo y yo no sabía ni de qué estaba hablando porque todavía no había podido leer el texto que usted escribió. Esa historia de la pareja, que después sí he repasado varias veces porque el tiempo me sobra, que comienza "Levantó los ojos color ámbar del libro abierto" y que termina hablando de la germinación en la oscuridad de un patio que, dijo Raúl Núñez con impaciencia, a lo mejor está en Sevilla y a lo mejor en San Juan o en Mayagüez. Y en seguida, pasó a un examen del relato que comenzaba por especular sobre su autenticidad y continuaba mezclando aspectos de la crítica literaria, el juicio moral, el comentario político, las obligaciones de la vejez y, la historia de las civilizaciones de un modo que a mí me pareció desordenado y jactancioso, en un tono que a veces buscaba resonancias ciceronianas siempre fallidas, todo ello configurado en un discurso cuya aspereza elemental y hasta contumaz abiertamente parecía contradecir el perfil de hombre razonable y comedido que había querido mostrar por teléfono y en la lancha. Aquel despliegue de oratoria fue para mí una sorpresa bastante grande, pero parece que el sorprendido era él. Casi no me dejó hablar. Sus palabras se insertaron en un monólogo en el que, de vez en cuando, aparecían preguntas retóricas como "¿pero tú te imaginas?", "¿pero es esto razonable?" y que sólo se usaban para apoyar la oración que acababa de decir.

–Usted nunca firmó el manuscrito y por eso Raúl Núñez empezó por preguntarse con un "¿es esto posible?" si en realidad aquello era obra suya. "Una novelita", dijo, "donde ha metido, se ve que a la cañona, sexo y política en cantidades considerables. He dicho considerables, pero la palabra que en realidad corresponde es inaceptables. Así es, el pegote de la política que ya yo veía venir y al que se le ven las costuras y que no le salió nada bien". Y en ese momento había levantado un poco la voz para dar énfasis a las últimas palabras que acababa de pronunciar. "Una maniobra", continuó don Raúl, "indigna de él a quien siempre tuve por hombre caprichoso pero probo, hombre que siempre se ha preciado de su verticalidad y de sus escrúpulos". Y momentáneamente, como si hubiera dicho más de lo que hubiera querido decir, Núñez bajó la cabeza. Después volvió a levantarla y me miró fijamente con aquellos ojos que parecían de piedra fósil. "¿No te parece esto porno", dijo en voz más baja y afectando una sonrisa forzada, "porno de la suave, pero porno?". Y se detuvo como si por unos segundos le faltara la respiración. "Mira qué cosas. Indigno de su persona. ¿Te parece razonable que eso saliera de Gerónimo Miguel?" Se mantuvo callado unos instantes y luego dijo: "Pero ahí no acaba todo. Se pone a tejer filigranas románticas en torno a esos criminales Nacionalistas y a pintar como huérfanos destitutos a quienes no eran otra cosa que agentes de potencias enemigas. Si eso es así, ¿para qué las guerras? ¿Qué hemos estado defendiendo? ¿Para qué la sangre? ¿Para quién el sacrificio? Yo, que sin estar de acuerdo con sus andanzas, por amistad tuve casi que sacarlo de la cárcel, por lo menos a sus amigos, y cómo me mortificaba en silencio entonces lo que ahora veo ahí expuesto: el ridículo de los instrumentos legales que nos llegaron en esa época para contrarrestrar la amenaza de la insidia y de la subversión". Por primera vez había descargado el puño contra los papeles en la mesa y por primera vez también me pareció verlo fatigado. Había bajado los párpados y los ojos negros y pequeños por unos segundos desaparecieron. Luego, señalando con la mano al manuscrito, continuó: "Y se ve, pero a leguas, que ha atacuñado ahí lecturas mal digeridas en lo que no es mucho más que un cuadro de costumbres sentimentales, de costumbres sentimentales que no debieran ocupar a nadie. Mucho sentimentalismo, eso sí, sentimentalismo del malo. Porque en el fondo él siempre ha sido un sentimental. Mira y que oyendo un quinteto en el carro cerca de Cabo Rojo. La estación del Gobierno de seguro en aquella época no llegaba allí y después, tanto paisaje y tulipán y tanto mangó". Hizo una pausa y bajó un poco la cabeza como si temiera de nuevo haber hablado de más. Luego dijo: "Y, vuelvo a decirlo, todo elaborado, desde el título, de un modo increíble, casi sin pies ni cabeza. Ciertamente sin pies, porque eso no se sabe ni cómo ni dónde ni si acaba. Algunas veces, mientras lo leía, me daba la impresión de estar caminando entre escombros. Y eso me lleva a otra cosa". Don Raúl Núñez tensó los hombros hacia el frente, después hacia atrás y le dio media vuelta a la cabeza como si se hubiera mantenido en una posición incómoda por un tiempo excesivo, o como si se acabara de despertar. "Hay en todo eso como un tufito a cosa que se ha quedado de lado, como de alguien que llegó tarde a una cita. Pienso otra cosa y es que", dijo poniendo la mano abierta sobre los papeles y haciendo una pausa como si estuviera recogiéndose para pensar, "esto no se hubiera podido escribir sino en los más lejanos confines de un imperio o de una civilización, allí donde ya casi no llegan, si es que llegan, noticias del centro, allí donde se mezcla la nostalgia con la languidez y el olvido. *Hic sunt leones*", dijo finalmente haciendo sonar la palma de la mano contra los papeles. Noté que el cansancio ya comenzaba a vencerlo y noté, también, en su compostura, sobre todo en la expresión de su cara, un aire de profunda decepción. Lo vi rodeado de una aureola de profunda soledad, como si el tiempo hubiera ido suprimiendo lentamente sus interlocutores y ahora sólo quedaran uno o dos, sólo eso. Me volvió a mirar fijo y entonces preguntó: "¿Tú estás seguro de que esto es todo?”. Era una pregunta absurda, o por lo menos para mí lo era, porque yo no tenía modo en realidad de responder ni sí ni no. “No conozco nada más”, dije y entonces creo que pude adivinar que don Raúl Núñez aún temía la existencia de otro escrito, quizá uno que yo conociera, más extenso, donde figuraba lo que él tan obstinadamente había buscado: el incidente en Corea. “Toma léelo”, dijo con un aire casi de desdén, levantándose y ordenando que le trajeran el jacket. “Mañana te concedo lo que pediste. Tarde mañana podrás hablar con Gerónimo Miguel”. Y colocándose los espejuelos, salió por la puerta que debía dar al pasillo.

–Lo que pasó aquella noche en Corea, me lo contó Pedro Miranda. Me lo contó con la lengua pesada, porque había bebido bastante, y después de jurarme que en toda su vida había hablado del asunto con nadie. Sólo a usted, una noche en que lo visitaba, hizo mención indirecta de lo ocurrido. Esa fue la noche que usted le retiró la amistad definitivamente. Pero lo grande era que usted no sabía que él sabía. Usted vivió creyendo que Pedro Miranda siempre tuvo la versión que los otros tenían de aquel incidente sobre el cual cayó luego un silencio de hierro. Pero en realidad fue de otro modo.

–Los cuatro, el teniente Raúl Núñez, Miranda, usted y el prisionero coreano o chino (a muchos chinos, me contó, los vestían con uniforme coreano) empezaron a bajar por aquel pedregal, el viento helado silbándoles en los oídos, el prisionero atado y todo, emperrándose y resistiéndose a cada paso y cada vez con mayor furia hasta el punto que se cayó dos veces y una tercera quiso patear a Raúl Núñez. Había luna esa noche, me dijo, así que el paisaje aquel con sus pocos arbustos y uno que otro arbolito, que más bien parecía un matojo, estaba bien iluminado. Podían arreglárselas con una sola linterna, la que llevaba el teniente Núñez. En un momento dado, el prisionero intentó zafarse por enésima vez y en esa ocasión casi lo logró porque usted casi perdió el control de la pequeña soga y si no es porque Núñez suelta la linterna y lo empuña, el chino se hubiera echado a correr. Fue entonces que Raúl Núñez, luego de decir que de ese modo no podían seguir, le ordenó a Miranda regresar a donde estaban los otros compañeros. Pero Miranda, por curiosidad, se hizo el que se iba y se acostó entre unas rocas desde donde podía ver y oír bastante bien sin ser visto. Algo, quizá algo grande, pensó, iba a pasar allí, juzgando por el mal humor y la desesperación del oficial a cargo. En cuanto Miranda hubo desaparecido, Raúl Núñez maldijo repetidamente y le dio un gran empujón al prisionero y, como estaba maniatado y usted había vuelto a hacerse cargo del extremo de la soga, dio unos traspiés y se fue de cara contra una serie de peñones que estaban cerca y que casi formaban una pared. Parece que se hirió de verdad, que se destrozó la boca. Usted soltó la cuerda y fue a atenderlo y entonces Raúl Núñez se acercó, le arrancó el rifle y, agarrándolo a usted por el cuello de la chaqueta gruesa, lo obligó a ponerse de pie. El prisionero seguía gimiendo en el suelo. "Esto lo vamos a resolver aquí y ahora". Le entregó el rifle que le había arrebatado. "Mátalo", ordenó. Y usted no quiso. "Mátalo, carajo", volvió a decir. Y usted volvió a negarse. Entonces usted hizo un gesto como si se dispusiera a agredir a su superior que tenía la pistola de reglamento en la mano. Forcejeó un poco con usted, le volvió a arrebatar el rifle y encañonándolo a usted primero con el arma que había sido suya y luego, con la pistola en la otra mano, apuntó al prisionero que aún se encontraba en el suelo retorciéndose, le dio varias patadas en el rostro herido y le pegó un tiro en la cabeza. Miranda dice que creyó verlo a usted abrir los ojos como si estuviera en presencia de una visión, pero eso pienso yo que se lo imaginó porque debió haber estado a una distancia considerable de donde usted y Raúl Núñez se encontraban. Dice que usted puso el antebrazo en la cintura y se inclinó un poco hacia atrás de tal modo que él, Pedro Miranda, por un momento creyó que era a usted a quien le habían pegado el tiro y no al chino que ahora no se movía allí entre las piedras. Luego, Raúl Núñez tiró las armas al suelo y se acercó a usted con la cabeza gacha y le empezó a hablar en un tono de voz tan bajo que Miranda no pudo oír casi nada, pero entendió, por los gestos y algunas palabras, que intentaba darle explicaciones y en un momento especial, Núñez hasta juntó las manos y, con un movimiento rápido, apoyó la frente en ellas. Pero usted o no podía o sencillamente se negaba a oír y lo que hacía era, con el antebrazo pegado a la cintura y ligeramente inclinado hacia atrás, moverse lentamente de un lado a otro con los ojos cerrados como entregado a un ritual antiguo y desconocido. Pedro Miranda pensó que debía irse cuanto antes y así lo hizo, al principio muy lentamente, intentando hacer el menor ruido posible, luego, ya un poco más lejos, echó a correr.

–He leído sus páginas. Algunas de ellas se me quedan en la imaginación. No sé si ello ha sido por lo que dicen o por las circunstancias en que me he visto forzado a leerlas. No sé si decirle que me gustan o no me gustan. Ciertamente yo no las hubiera escrito. Las he dejado bien guardadas, a salvo de los demás, en el cuarto en que me mantienen incomunicado. A Raúl Núñez ya no le interesan. No encontró lo que buscaba. Ahora el problema parece ser el de qué hacer con nosotros. Pero pienso que esas páginas no se debieran perder. Pienso que si algún día tengo la oportunidad, yo que también he querido escribir, quizá podría encontrar un modo de salvarlas. Ahora, antes de que me vengan a buscar, lo único que quiero es estrechar su mano.

Juan González sintió que ya no tenía palabras. Agotado y febril, hizo un esfuerzo y se puso de pie. Con sumo cuidado caminó hacia el frente, en línea recta, en busca de la butaca o la silla o el banco del otro. Caminó siete u ocho pasos y topó con algo que se asemejaba un entramado de tablas de madera estrechamente unidas entre sí. Pensó que debía haber errado la dirección. Volvió sobre sus pasos y una vez más retomó el camino en línea recta. Pero la tapia de madera estaba allí. Levantó las manos atadas con la cuerda y comenzó a recorrer con ellas la superficie desigual y áspera para averiguar dónde terminaba. Con estupor supo que era una pared que corría de un extremo al otro del cuarto, totalmente ciega, sin una sola rendija que diera acceso a aquello que se encontraba en el lado opuesto. Sintió, por primera vez en su vida, ganas de aullar pero se contuvo. En vez, comenzó a dar golpes con los puños cerrados contra las tablas mientras repetía en voz baja, casi exhalaba, oleada tras oleada de improperios y de imprecaciones.

Uno, que debió de haber estado muy cerca y cuya voz Juan nunca había oído antes, reclamó la presencia de los que se encontraban en los alrededores. Los otros corrieron de fuera y ahora, con el aliento impregnado de whiskey y de cerveza, forcejeaban con él y lo sujetaban para arrastrarlo hasta el automóvil mientras se decían que había que sacarlo de la casa, pronto, sin perder tiempo.

Ya en el carro, donde los otros momentáneamente lo habían dejado solo con las puertas cerradas y los cristales bajos para que no le fuera a faltar ventilación, recostó la sien en el metal frío del marco de la ventanilla más cercana y aguardó a que la respiración volviera a su ritmo habitual. Luego, aún vendado, incorporó la cabeza. Súbitamente sintió, como había sentido anteriormente tarde esa tarde, acaso porque volvió a oír el rumor del aire entre las hojas, la inminencia del mundo vegetal que lo rodeaba. Entonces creyó percibir en su imaginación unos estallidos de luz, unos fogonazos mudos, como si se tratara de un fenómeno estrictamente visual ajeno a toda impresión auditiva, que se sucedían en el silencio de uno en uno y en ocasiones se daban simultáneos, cada cual buscando de algún modo el espacio único desde donde un observador lejano habría de vincularlo a los otros para establecer la red mágica de la continuidad. Levantó los ojos del libro abierto y vio la mano que queda casi a ras de una loseta y le llegó el paso silencioso del perfume y una embarcación blanca que se deshace en los destellos de un mediodía reciente y la mirada de la criatura en fuga, mirada inquieta que se eleva al alto entramado de las ramas, atenta, azorada, como si aquella maraña lejana se fuera a configurar, como si estuviera a punto de configurarse, en la rosa oscura del amor y a la vez en el diseño explosivo de una rosa de los vientos. Volvió a sentir el ligero temblor de las hojas. Fue en ese momento, ya buscando con la punta de los dedos resquicios en los nudos de la cuerda que forzozamente juntaba su manos, que Juan González comenzó, lenta y silenciosamente pero acompañado de una claridad mental que lo asombraba, a fraguar el intrincado engranaje de su huida.

Epílogo

Levantó la cabeza canosa del respaldo del sillón de paja trenzada y, haciendo un esfuerzo evidente, llamó a la mujer que, vestida con un camisón de algodón floreado y unas chinelas, se afanaba en limpiar con una esponja húmeda las volutas de las rejas blancas del balcón.

–Baja un poco el radio, bájalo, que esto sí que es grande.

La voz luchaba por imponerse al estruendo causado por aquel caudal incesante de palabras que, semejante a una sábana de agua despeñándose desde lo alto, inundaba la sala, el balcón y, más allá de las rejas, se desbordaba en los alrededores.

–Pobre Nora. Qué desgraciada –dijo la mujer a la vez que dirigía la vista a la estructura de al lado, la casa de Gerónimo Miguel y Nora Chaves.

Depositó la esponja en una mesita con un tiesto de cerámica rústica y, estirando con una mano la tela del vestido, se dirigió al lugar donde se encontraba el aparato de radio. Una vez allí, dio vuelta al botón del volumen y redujo el torrente, salpicado de fanfarrias y dramáticas proclamas de la hora exacta, a un goteo de palabras, a un murmullo casi imperceptible que no les habría de obligar a forzar la voz cuando comenzaran a hablar entre sí. Luego, como si todo aquello se insertara en una rutina bien conocida, se sentó junto a su marido.

–Mira y que después de la muerte del hijo, del pobre

Miguel Ángel...

La mujer adelantó el comentario mirando al vacío y en un tono de tal modo ecuánime que igualmente podía corresponder al estupor o a la indiferencia. Luego añadió:

–Nora no está ahí. La casa está cerrada. Debe de haberse ido a la isla a pasar unos días con algún pariente.

–Qué cosas –dijo el viejo con una voz rasposa que parecía amenazar con quebrarse–. Y lo dijeron en las noticias, lo acaban de decir, que lo de anoche puede estar relacionado con lo otro, con lo de Miguel Ángel.

–Lo de anoche –interrumpió ella– a lo mejor no pasó anoche. Lo de anoche a lo mejor pasó hace mucho tiempo, porque Miguel Chaves lleva desaparecido, y eso lo dijeron también en las noticias, casi un mes. Y ellos tan calladito que se lo tenían. Como si uno fuera bobo, como si uno no se diera cuenta.

Lo dijo con desaprobación, casi dolida.

–Pero no –intervino una vez más, con aquella voz cascada, el hombre sentado en el sillón–. Cuando encontraron el cadáver de Gerónimo Miguel anoche con la bala en la nuca, la policía creyó, es más, parece que está casi segura de que el asunto era reciente, cuando lo encontraron allí, tirado al lado de un río en El Yunque, anoche.

–Si fue anoche o no, eso lo dirán en Medicina Legal, el pobre que en paz descanse.

–Que en paz descanse. Pero si a Miguel en efecto le pegaron el tiro anoche, entonces yo francamente no veo cómo puede estar relacionado eso con la muerte del hijo, que del asunto del hijo hace ya bastante tiempo.

–El que da las noticias no dijo que estaba relacionado, dijo que la policía sospechaba que podía estar, que podía estar –dijo ella con impaciencia–. Y a lo mejor lo empiezan dizque a relacionar todo y mira tú el emborujo que van a hacer. Porque también dijeron que en estos días se había informado la desaparición de un discípulo de Miguel, un tal Juan González, un maestro joven de Guaynabo. Eso lo dieron también en las noticias.

–Sí, pero de ése no se sabe el paradero.

–Sí, de ése no se sabe nada, pero empiezan a preguntarse si está relacionado.

La mujer se detuvo como si súbitamente recordara algo.

–Yo creo haber visto ahí al lado –añadió– un muchacho joven que venía a tocarle en la puerta a Nora. A lo mejor es el mismo.

–¿Hace poco?

–No, hombre, no. De eso hace ya algún tiempo.

–Todavía es que nos viene a entrevistar la policía. Eso era lo único que nos faltaba –comentó él con aquella voz que a veces asemejaba el rumor de pasos en la gravilla.

–A lo mejor –dijo ella levantándose con impaciencia y por unos instantes imaginando su propia voz, en vivo, ligeramente acartonada por los efectos de la transmisión telefónica en una entrevista radial.

–A lo mejor tú lo relacionas todo. A lo mejor se te ocurre que los tiros que le pegaron a Miguel Ángel y a Gerónimo Miguel tienen que ver con los tiros que le pegaron ayer a Felipe Sánchez durante una discusión en su casa en Arecibo, y con los tiros que le pegaron a la mujer que encontraron muerta al lado de un puente en Cataño, y con los tiros que le pegaron a esos mecánicos de nombre Luis Morales, padre e hijo, que encontraron cerca de Fajardo y que dizque se dedicaban al tráfico de drogas usando una lancha de un señor conocido de San Juan sin que él lo supiera.

–Déjate de cosas. Ya está bien –dijo ella en voz alta desde la cocina–. Y vete preparándote que ya va a ser la hora del almuerzo.

San Juan, 1990